EMERENZ MEIER

# *Wilde Balsaminen*

Gedichte und Erzählungen

*Wilde Balsaminen*

Springkraut mit dem Namen „Rührmichnichtan“, (lat. Impatiens noli tangere), das auch im Bayerischen Wald zu finden ist. Nicht zu verwechseln mit dem rosablühenden Indischen Springkraut. Es wächst an nassen Waldstellen. Ihre knotigen Stengel tragen gespornte gelbe Blüten (siehe Umschlag) die nach der Reife als fünfklappige Kapselfrüchte bei Berührungen plötzlich zerspringen und ihre Samen auswerfen. – Emerenz Meier hat in ihrem Gedicht die Eigenart der Pflanze auf den Gedanken menschlichen Schicksals übertragen.

EMERENZ MEIER

# *Wilde Balsaminen*

*Gedichte*
*und*
*Erzählungen*

SAMPLES VERLAG

GRAFENAU

by Verlag S. Samples · 94481 Grafenau · Stadtplatz 17
Tel. 0 85 52 / 97 49 75 · Fax 0 85 52 / 97 49 76
e-Mail: verlag.samples-stecher@t-online.de

Fotos: Archiv Verlag Samples, Hintermann Waldkirchen

Lektorat: Elfriede Holzer

Satz, Layout, Repro, Druckservice:
HL design·4·media · 94566 Riedlhütte
Tel. 0 85 53 / 9 78 89 08 · info@hl-design4media.de

ISBN 978-3-938401-09-5

## *Wilde Balsaminen*

Wilde Balsaminen blühen
Tief im Wald am kühlen Ort.
Wenn, berührt, die Früchte sprühen,
Haucht der West den Samen fort.

Herz, du gleichst den Balsaminen:
Erst wenn Leid dich rauh berührt,
Regen Lieder tief sich drinnen,
Die, befreit, der Wind entführt.

## *Vorwort*

Diesem Gedicht ist der Titel des vorliegenden Buches entliehen. Es ist Ausdruck der bildhaften Naturlyrik Emerenz Meiers, die in ihrem Werk eine überragende Bedeutung hat. Sie ist geprägt vom Lebensgefühl der Dichterin und spiegelt ein tiefgreifendes Naturerleben wieder. – Auch eine schicksalshafte Ahnung ihres Leides und Todes in der Fremde?

Emerenz Meier, am 3. Oktober 1874 in Schiefweg bei Waldkirchen im Bayerischen Wald geboren, ist am 28. Februar 1928 in Chikago gestorben. Sie gilt nach Lena Christ als die bedeutendste bayerische Volksdichterin. In vielen namhaften Zeitschriften erschienen schon um die Wende zum 20. Jahrhundert ihre dramatisch-knapp erzählten Geschichten, deren Motive die bäuerliche Umwelt lieferte. Daneben schuf sie viele volksliedhafte Gedichte wie die großartige Mundartballade „D'Wödaschwüln".

Tragisch wie manche ihrer Geschichten war das ganze Leben Emerenz Meiers: Zusammen mit Eltern und Geschwistern ver-

*Emerenz Meier in ihrer Tracht*

ließ sie – wie damals tausende Waldler – die Heimat auf der Suche nach einer besseren Zukunft. In einer fremden Welt, in Not und Krankheit an Heimweh leidend, verbitterte die Dichterin und suchte in sozialkritischer Lyrik ein Ventil.

Emerenz Meier hat bereits als 10jähriges Kind Schiller, Goethe und andere Klassiker gelesen. Sie konnte große Stücke aus Homers Epen „Ilias“ und „Odyssee“, ebenso wie Dantes „Göttliche Komödie“ rezitieren.
Schon in ihrem Alter von 19 Jahren wurde ihr erstes Bühnenstück erfolgreich aufgeführt und ihre Schriften gerne gelesen. Sie selbst wurde als „Naturtalent“ bewundert und bestaunt: Auf den Jahrmärkten gab es Uhrkettenanhänger mit ihrem Bild in Miniaturfotografie zu kaufen. In den neunziger Jahren stellte der Erfinder der fotografischen Ansichtskarte, Alphons Adolph in Passau, eine Postkarte her, die das Porträt der Schriftstellerin und das Bild ihres Geburtshauses zeigt; in der Zeit des einsetzenden Tourismus ging diese Karte als „Gruß aus Waldkirchen“ in alle Lande.

1897 gab der aus dem Böhmerwald stammende Literatur-Professor Karl Weiß-Schrattenthal im fernen Königsberg, damals ein Hort deutscher Literatur, einen Band „Aus dem Bayerischen Wald“ heraus, der Erzählungen der Emerenz enthält. Die Gedichte und Erzählungen dieses Buches bewogen den jungen Medizinstudenten Hans Carossa zu einer Fußwanderung von Seestetten bei Passau nach Waldkirchen und zum Kennenlernen der Dichterin. Später beschrieb Carossa in seinem stimmungsvollen Buch „Das Jahr der schönen Täuschungen“ diese Wanderung zum „Dichterweib“, womit er Emerenz Meier ein literarisches Denkmal setzte.

Der Schriftsteller und Dichter Max Peinkofer hat sich ihres Werkes angenommen und 1954 eine Gedichtauswahl mit einem Lebensbild der Dichterin 26 Jahre nach ihrem Tod in Chikago herausgegeben. Er hob Emerenz Meier wieder in die Erinne-

rung, nachdem sich ihre Spuren im fernen Amerika zu verwischen drohten.
Heute ist der Name Emerenz Meier wieder lebendig in der bayerischen Literatur, ein Spielfilm befaßte sich mit ihrem Lebenslauf, Gedichte aus ihren Werken wurder vertont, Theateraufführungen und Vorträge sind auf der Bühne und im Rundfunk und Fernsehen präsent.

Ihre Gedichte und Erzählungen sind heute noch so faszinierend und lesenswert wie in der Zeit, als sie im Jahr 1893 mit ihren Veröffentlichungen die ersten Schritte an die Öffentlichkeit wagte und Aufsehen erregte.

Der Verlag

## *Das Haus der Dichterin in neuem Glanz*

Ein Glücksfall ist, daß das Geburtshaus von Emerenz Meier in Schiefweg bei Waldkirchen nicht nur vor dem Abbruch gerettet, sondern auch so sorgfältig restauriert wurde.

1972 konnte das Haus mit der guten Bausubstanz unter Denkmalschutz gestellt werden, aber ein Bauplan aus dem Jahr 1983 sah den Abriss des Gebäudes vor. Für den beabsichtigten Neubau konnte allerdings kein Pächter gefunden werden. So blieb das 300 Jahre alte Anwesen vor dem Abbruch verschont.

1985 nahm sich Georg Höltl aus Tittling um das alte Gebäude an und sicherte es mit einer Dacherneuerung.

Als 1997 der Verein Emerenz-Meier-Haus gegründet wurde, verkaufte Höltl das Haus an den Verein, der sich zum Ziel gesetzt hatte das historische Anwesen wieder zum Schmuckstück des Dorfes werden zu lassen. Mit hochgekrempelten Ärmeln rackerten die Mitglieder mit den Vorsitzenden Alexander Nodes und Reiner Kannamüller als Helfer der Baufirmen.

Floh- und Bauernmärkte wurden organisiert um Geld zu sammeln.

Die eigenen Kräfte reichten allerdings nicht aus. Die Stadt Waldkirchen half, Gönner, Förderer, Banken und Genossenschaften spendeten. Das Landesamt für Denkmalpflege und die Direktion für ländliche Entwicklung trugen bei. 200.000 DM waren für den Hauskauf aufzubringen, die Ausbauarbeiten erforderten 1,5 Millionen DM.

Das Ziel war schließlich erreicht. Heute ist das Emerenz-Meier-Haus ein gern besuchtes Dorfwirtshaus das mit einer Speisekarte bayerischer Spezialitäten einlädt, auf der man sogar über und von der Emerenz lesen kann.

*Das Eltern- und Geburtshaus der Emerenz Meier. Hier verbrachte sie ihre Kindheit, arbeitete in der Wirtsstube, half bei der Landwirtschaft und in einem Stübchen unter dem Dach entstanden ihre ersten Gedichte, mißbilligt vom Vater, der ihr sogar das Schreiben verbot, als „narrische Verserlmacherei". Erst als Honorare für Veröffentlichtes in Zeitungen und Zeitschriften einging, ermunterte der Vater seine Tochter: „schreib, Emerenz, schreib!"*
*Gemütliche Gasträume nehmen heute den Besucher auf in den historischen Mauern des Jahrhunderte alten Bauern- und Gasthofes inmitten des Dorfes Schiefweg bei Waldkirchen.*

*Nicht nur die Fassade des Geburtshauses wurde instandgesetzt, auch alle Räume des Hauses sind liebevoll in den Zustand der Zeit vor 100 Jahren gebracht worden.*
*Die granitenen Gredsteine des Flurpflasters und das Gewölbe haben Jahrhunderte überdauert.*
*In der Gaststube, in der die Emerenz den Eltern bei der Bewirtung der Gäste mithalf, kann der Besucher auch heute wieder bewirtet werden.*

*Foto: Hintermann, Waldkirchen*

*Diese Postkarte mit dem Bild der „Schriftstellerin Emerenz Meier“ und der Abbildung ihres Geburtshauses, dem Gasthaus und Bauernhof in Schiefweg, ging als beliebte Ansichtskarte mit dem „Gruß aus Waldkirchen“ in alle Welt.*
*Das Bild der Emerenz, in der von ihr so sehr geliebten alten Tracht der Heimat, zeigt daneben das Haus am belebten Dorfanger.*

## *Die Seele der Heimat*

Die Bäche des Bayerwaldes sind bräunlich, sie fließen über Kies und Granitblöcke und tragen Perlmuscheln im Grunde. Ihr Rauschen eint sich mit dem der sie umdräuenden Tannen und Buchen, sie erzählen einander eben uralte Geschichten. Und wenn der Bach zur Wiese kommt, dann tut er gar geheimnisvoll vor ihr, gerade als wolle er ihr zeigen, daß er unendlich viel mehr wisse und Wunderbareres in sich trage als sie. Er verbirgt auch etwas in seiner kühlen Flut, ein holdes, unbegreiflich liebliches Elfenwesen, die Seele des Waldes. Sie ist scheu wie der Windhauch, und nur wenigen begnadeten Menschen ist es vergönnt, sie zu schauen. Manchmal bei Nacht, wenn der Mondschein auf der Wiese liegt, kommt sie aus dem Wasser. Sie legt erst eine weiße, zarte Hand ans Ufer, horcht dann eine Weile, ob alles ringsum stille ist, hierauf folgt ein zweites Händchen, und zwischen Weiden und Erlen lugt ein träumerisches, braunäugiges Gesichtchen über die Wiese.

„Seid ihr alle da, liebe Blümlein, besonders du, mein Vergißmeinnicht?“ tönt es weich und zärtlich.

Die Blümchen nicken und lachen glückselig wie im Traum.

„Ja, alle, alle! Was macht der Wald, dein Lieb?“

„Mein Wald? Er weint. Und ich weine mit ihm.“

„Warum weint der Wald?“

„Weil fremde Menschen ihm von Jahr zu Jahr wütender ins Herz fahren, ihn zu vernichten, weil selbst diejenigen, die seit uralten Zeiten sich seine Kinder nennen, die Hand dazu reichen, auf daß er von der Erde verschwinde. Und wenn der Wald einmal gestorben ist, dann sterben und verderben wir auch alle. Besonders ich habe dann nichts mehr auf dieser Welt zu suchen.“

„Warum du, o liebe Seele?“

„Eben weil ich die Seele der Heimat bin, Blümlein.“

Und sie senkt das Gesichtchen auf die Hände, über welche bald Perlen von Tränen rollen.

„Liebst du die Menschen, o Seele?“ fragt ein treuherzig Vergiß-

meinnicht.
„O gewiß liebe ich sie sehr!“
„Die Mäher und Mäherinnen, die vielleicht morgen kommen, uns zu töten?“
„Warum nicht?“
„Die Jäger, die das harmlose Waldwild, die Rehlein schießen?“
„Warum nicht auch?“
„Liebst du dann die Männer, welche die Bäume des Waldes fällen und sie in die Flut werfen, damit diese dann die verstümmelten Riesen weit fort nach den Städten trage?“
„Gewiß liebe ich die auch, Vergißmeinnicht.“
„Dann verstehen wir dich nicht, o Seele! Man liebt doch seine Mörder nicht.“
„Meine Mörder sind Fremde, Blümlein. Die habe ich weder mit meiner kühlen Flut gebadet noch mit meinem Rauschen in den Schlaf gesungen. Wenn einer unserer Heimatsöhne die Axt an einen Baum legt, blutet ihm selber das Herz. Doch fremder Menschen Gewinnsucht hat uns zu langsamem Sterben verurteilt. Sterbt ihr, kleine Blümlein, dann erwacht ihr im nächsten Lenz zu neuem Leben. Stirbt der Wald, dann ist's vielleicht für ewig.“
Und mit einem Gesichtchen, das von Tränen überströmt ist, lugt das Seelchen noch einmal sehnsüchtig um sich, die bewaldeten Höhen entlang, und verschwindet langsam, wie es gekommen, wieder hinterm Erlengebüsch in den dunklen Wellen.
Die Blumen der Wiese durchläuft ein wehwohliges Zittern, sie haben ebenfalls die Augen voller Tränen. Aber sie sind wie die Kinder. Sie verstehen nicht alles. Der Spiräestrauch am Bachesufer weht mit weißen Blütenfahnen ein überflüssiges „Silentium!“ in die neblige Nacht und spricht vernehmlich:
„So ist sie nun, unsre Elfe! So war sie schon immer, seltsam, seltsam!
Ich könnte so manche Geschichte von ihr erzählen.“
„Erzähle, erzähle!“ bitten die Blümlein.
„Da kam einmal ein Mann in den Vierzigern, der ging immer neben dem Bache her. Er hatte ein dunkles, trotziges, von Wet-

tern und Unglück verhärtetes Gesicht, und er trug ein Mordgewehr in der Hand. Von mir riß er gewaltsam einen Zweig, steckte ihn an seinen fleckigen Hut und sagte:
Das ist zum Andenken. Jetzt will ich gehen und mich dem Gerichte stellen. – Auf einmal kam ein zartes, weißes Händchen aus dem Wasser, ein weißes Gesichtlein mit braunen Augen dazu – ihr wißt alle wohl, wer das war?
Und es sang das alte Lied vom Waldvögelein gar sanft und leise:

‚Und wenn wir zum Erschießen g'hör'n,
Dann sollen wir erschossen wer'n
In unserm Wald, auf unsre Bäum', –
Am liebsten stirbt man doch daheim!'

Der Mann hat sich dann selber erschossen, Blümlein."
„O Gott!"
„Es hat ihn halt nicht fortgelassen, wißt ihr.
Und sie ist aus dem Bach gestiegen wie ein junger Stern und hat ihm die Augen zugeküßt."
„Hat ihm die Augen zugeküßt!"
„Noch ein anderes, Blümlein: Da war immer ein junger, schöner Bursche herum, der nichts liebte wie Mädchen und Geld. Der Mädchen kriegte er so viele, daß, wenn alle ihre Reuetränen Perlen geworden wären, der ganze Bach damit hätte gefüllt werden können. Der Bursche suchte Perlmuscheln, doch sie waren taub, die er fand. Und da ging er fluchend in die Fremde. An jenem Abend sah ich sie aus dem Wasser springen, ihn mit beiden Händen fortweisen und hörte sie einen Wunsch raunen, der nicht hieß: Kehr wieder!"
„Kann die liebe Seele auch so zürnen?"
„O ja, sie läßt sich aber dann lange nicht mehr sehen. Sie träumt und leidet wie wir alle, die wir keine wirkliche Stimme haben."
„Die Menschen können schreien!"
„O, einmal hörte ich die Seele auch wirklich schreien. Das war, als ein verarmter, siebzigjähriger Greis, mit einem Herzen, lauter wie Gold, über den Steg dort unten schritt und brennenden

Auges der alten Heimat Lebewohl zurief, um übern Ozean zu ziehen. Dreimal klangs aus der Tiefe: „Leb wohl, leb wohl, o leb wohl!“ Ich sah noch zwei weiße Händchen sich schmerzlich ausstrecken, und am nächsten Morgen hingen Härlein, fein wie Seide, am kahlen Astwerk des Nachbargebüsches, ihre Härlein, die sie sich ausgerauft. –

Und nicht lange darauf ging hier überhaupt alles drunter und drüber. Wer da vom Walde Abschied nehmen mußte, weiß ich nicht, – nein – wüßt' ich's ich dürft' es nicht sagen. Ich habe sie auch geliebt – und sie mich! – Der Frühling kam, aber nichts wollte sich regen rundum. Die Vöglein, die wiedergekehrten, taten, als hätten sie ihre alte Heimat nicht mehr so lieb wie sonst. Sie hockten im Geäst und äugten fragend in die Weite. Die Wälder wurden noch griesgrämiger wie sie es schon waren, manche Bäume streikten ganz und gar und erklärten, es verlohne sich nicht mehr für sie des Grünens. Es gab ein Gebrumme und Geraune, bergauf und bergab, – nie war mir so wenig wohl. Und als die Maiglöckchen blühten, sah ich die süße arme Seele zum erstenmal wieder. Sie war blasser den je, blasser wie der Mond am Himmel. Gerade wie heute kam sie zuerst mit den vorsichtig tastenden Händen durchs Erlen- und Weidengebüsch. Gerade wie heute grüßte sie mich und eure Vorfahren, so lieb, so traurig. Sie flocht sich aus Vergißmeinnichten an Kränzlein ins braune Haar, steckte ein Tannenzweiglein an die Brust, lächelte und sagte leise:

„Fern überm Meer ist auch eine so arme Seele wie ich es bin. Sie liebt mich so, wie ich sie liebe. Gebe der gütige Himmel, daß wir zweie wieder vereinigt werden, Amen!'“

„Amen!“ hauchen die Blümlein, aber sie träumen schon.

## *Die beiden Wohltäter*

Zwei reiche Männer, die sich beide Menschenfreunde nannten, entschlossen sich, die Welt zu durchziehen, um die Unglücklichen, wo sie solche finden würden, zu trösten und ihre Not zu lindern. An einem Scheidewege trennten sie sich, und ging der eine nach Süden, der andere nach Norden. Vorher hatten sie noch verabredet, über ein Jahr wieder hier zusammenzutreffen und sich gegenseitig von ihren Erlebnissen und dem Erfolg ihres Strebens zu erzählen.

Das Jahr ging herum, und die beiden Männer fanden sich wirklich an dem bestimmten Tage wieder zusammen an der Stelle, von welcher sie ausgegangen waren.

Aber wie sah der eine aus! Hager, schlotternd, mit Beulen und Wunden über und über bedeckt, das bleiche Angesicht besudelt. Der andere, welcher blühte wie am Tage, da er seinen Weg angetreten, wunderte sich jedoch mit keiner Silbe über das Elend des Freundes. Er zog ihn nur lächelnd neben ihn auf einen Stein und sagte:

„Armer Kerl, das habe ich mir wohl gedacht!“

„O wie ist es doch möglich“, klagte der erstere, daß du so heil und gesund vom Wohltun zurückkehren konntest! Haben denn nicht, Hunden gleich, die Hungrigen, die du sättigtest, nach deiner Hand geschnappt, als der Bissen verzehrt war? – Haben sie dich nicht geschlagen, verhöhnt, als du nichts mehr besaßest? – Haben sie dir nicht für milde Reden und Ratschläge ins Angesicht gespuckt? Haben sie dich nicht erst hochmütig gescholten, um dich dann, als du, deinem guten Herzen folgend, dich gänzlich ihnen gleichstelltest, mit Kot zu bedecken?“

„Nein“, sagte der zweite, „das haben sie nicht getan.“

„So bin ich wohl wirklich ein schlechter, erbärmlicher Mensch, ein Hund, ein Narr –“

„Keines von all dem!“ unterbrach der zweite den Leidenschaftlichen.

„Du bist vielmehr der beste, edelste von uns beiden. Dein Herz ist allein wahrhaft gut. Zum Beweise siehe dieses hier.“

Und er zog eine harte Lederpeitsche mit stachelbesetzten Riemen unter seinem Mantel hervor.
„Mit dieser hab ich mich heil erhalten bei meinem Wohltun. Abwechselnd schlug und beschenkte ich die Unglücklichen. Sie priesen demütig meinen Namen. Als sie mich gleich dir in den Kot zwingen wollten, schlug ich sie noch mehr und streichelte sie dann wieder. Da verziehen sie mir die Schläge und freuten sich meiner späteren Herablassung."
„Und als du zum Schlusse selbst arm warest?" frug der elende Mann.
Laut lachte da der andere, schlug auf seine noch immer vollen Taschen, daß es metallen klang und sprach:
„Ich gab nicht die Hälfte! Aber gehe hin in die Welt, und du wirst mich in allen Tonarten als Wohltäter und wahren Menschenfreund preisen, dich aber als Lumpen verschreien hören, und doch bist du, wie gesagt, der edelste von uns beiden."

## *Mutterseelenallein*

Wie der Sturmwind die Nacht durchheult und an den Schindeln der Dächer zerrt! Es ist, als wäre er ganz besonders über das arme Hüttlein erbost, das schüchtern am Ende des Dorfes steht, schon halb eingebettet in Schnee. Wie aus allen Häusern, so blinkt auch aus diesem noch Licht. Wer dem Sturm, den tiefen Wehen, sowie der Finsternis trotzen und sich hieherwagen wollte, der könnte durch das kleine Fenster die ganze Stube überblicken. Rechts im Hintergrunde ein alter Kachelofen mit alten Töpfchen und Schälchen darauf. Links ein Tisch, auf welchem das trübe Öllicht flimmert. Ein schwarzes Kruzifix, mit Stechpalmenzweigen geziert, in der Ecke, grellfarbige Glasbilder daneben und an der schwarzen Decke eine Glaskugel, darin sich das von Flitterstrahlen umschimmerte Bild des Heiligen Geistes, eine weiße Taube, befindet. Links im Vordergrunde steht das Himmelbett mit seinen verschlossenen Kattunvorhängen. Diese sind verschoben, man kann die Bewohnerin des einsamen Häuschens sehen, wie sie aufrecht in den Kissen sitzt und den Rosenkranz betet.

Sie ist ein altes Weib mit faltigem, bleichem, doch herzensgutem Gesicht und todesbangen Augen. Sooft ein neuer Windstoß an die Scheiben poltert, zuckt sie zusammen und krampft die Hände fester ineinander. Dann blickt sie trostlos auf dieselben nieder, oder vielmehr, sie blickt tiefer, tief hinein in das eigene alte, erinnerungsvolle Herz.

Wie schrecklich schwer solch ein Menschenherz, das Herz eines alten, einsamen Mütterchens, oft sein kann, keine Seele vermag das zu ermessen. – Der Gatte lange, lange tot, der grimmige Sturm türmt wohl jetzt in grausamer Lust Schneewehen über dem Grabe auf, das noch mehr ihrer Lieben birgt. Der Sohn ging vor Jahren in die Fremde. Nur einen einzigen, leichtsinnigen Brief hat sie von ihm, in welchem er ihr schwört, nie mehr in das armselige Dorfleben heimzukehren. Die Tochter lebt in einer fernen Stadt als Dienstmädchen und hat ihr vor kurzem geschrieben, daß sie ihren Schatz, einen Ladendiener heiraten

und dann mit ihm nach Amerika auswandern würde. Nach ein paar Jahren, wenn es ihnen gut ginge, würde sie die Mutter nachholen.
Diese denkt nicht vorwärts, sie denkt zurück an die Zeiten, wo sie die Kinder hier im Stüblein gehabt und sie mit der innigsten Liebe umgeben hatte. Sie denkt an ähnliche Winternächte, wie die heutige eine ist. Da hatte der Sohn mit einer Schnitzerei am Tische gesessen und fröhlich gelacht über das Heulen des Sturmes draußen. Hier innen war es ja so warm und gemütlich. Und die Tochter lag im Bette dicht an das Mütterchen geschmiegt, welches ihr vom verstorbenen Vater erzählte und trauernd sein gedenkend, sich doch glücklich fühlte mit den Kindern. Wie diese doch sich jetzt so wenig mehr machen können aus ihr, die täglich, stündlich, zu jeder Minute mit heißem Herzen an sie denkt, die sich mit ihrem ganzen Herzblut nach ihnen sehnt! – Nach Jahren erst würde ihr eines Kind sie zu sich holen, und sie war jetzt schon so alt und krank! Und nie mehr würde ihr einziger Bub, – Gott behüte und segne ihn tausendmal! – in die arme Heimat zum Mütterchen zurückkehren! – Dann mußte sie wohl allein sterben, ohne ihre Kinder zuvor wiedergesehen zu haben. Allein – mutterseelenallein! –
Ein leises, unendlich wehes Wimmern dringt durch das Stüblein, ein Windstoß fährt singend gegen das Fensterchen. Das Öllicht auf dem Tische flackert gelblich auf und erlischt dann.

## *Der Bua*

„An Buam hast!“ sagte die Hebamme, das eben erst zur Welt gekommene, leise krächzende Kind schnell in die nächstbeste Leinwandschürze schlagend und auf dem Tisch lagernd. „A Mordstrumm Buar is's. Na, der stirbt dir g'wiß net!“

Die junge Mutter wischte sich den Schweiß aus dem runden, erhitzten Gesicht und erhob sich ein wenig, um sich den Wunderbuben, der nicht sterben sollte, selbst anzusehen. Aber mit beiden Händen drückte die Hebamme sie in die Kissen zurück.

„Ob'st di' net stad' haltst, du dumm's Ding! Ob'st du net lieg'n bleibst, heut' und morg'n und übermorg'n! Mit oan' Rucker kannst di' verderb'n, und da will i' koa' Schuld net hab'n dran, verstehst es!“

„Jessas, kegl' dir doch's Mäul net aus!“ rief Resei mit einer Stimme, der man es anhörte, daß sie gewohnt war, in den Bergwäldern zu jodeln und zu jauchzen. „Daß i' mi' ebba nimmer rühr'n derf weg'n dem Buam! So zoag mir'hn doch wenigstens her, daß i' sehg, was er für a G'sicht anmacht!“

„Wann er g'waschen und eing'fatscht is“, fertigte die Alte sie kurz ab und wandte sich dann zu dem Neugeborenen.

Es war ein heller Maimorgen. Vor den kleinen Fenstern der schwarzen, dumpfen Stube blühte und blitzte es, und in den im duftigsten Weiß prangenden Kirschbäumen draußen vollführten die Vögel ein Lärmen, daß es dem Resei ein Hohn dünkte auf seine zwar noch nicht ganz klar erfaßte, aber jedenfalls sehr unangenehme Lage. Die rosakattunenen Bettvorhänge ließen sie selbst wie ein junges, rundes Röslein erscheinen, das ungünstige Witterung nur ein wenig allzufrühe erschlossen hatte. Denn ein grämlicher Zug lag um ihren Mund, und die vergißmeinnichtblauen Augen blickten nicht gerade dankbar auf die Hebamme, welche den Buben badete und darauf kunstgerecht einwickelte.

„An Buam!“ dachte Resei, während ihre feinen Brauen sich zusammenzogen. Sie ballte das grobe, blaukarierte Kissen unter ihren Kopf und überlegte, was sie, die kaum Achtzehnjährige, wohl jetzt anfangen sollte mit einem Buben. Sein Vater war ein lustiger Bursche, dem das bißchen, was er sich als Knecht verdiente, von einem Sonntag auf den andern nicht reichte. Vom Heiraten konnte demnach keine Rede sein. Außerdem war er ihr schon längst nicht mehr treu, wie sie wohl wußte. Die Person, welche ihr dies zum erstenmal mitgeteilt, hatte sie kurzerhand geohrfeigt. Später hatte sie sich allerdings selbst von der Wahrheit des Geredes überzeugen können, und sie war vor Zorn und Schmerz darüber fast bettlägerig geworden. Ach Gott, was hatte sie nicht schon alles ausgestanden wegen dem Buben! Die Schläge vom Vater, als sie eines Tages ihren Dienst verlassen und ihn um Aufnahme in seinem Häuschen bitten hatte müssen. Dazu den Spott der Leute und den Hohn der Burschen, die ihr allnächtlich Trutzlieder sangen vor ihrem Kammerfenster, einmal sogar vor aller Welt im Wirtshause:

„Und's Dirndl hat mir d'Liab aufg'sagt
Unter der Stiag'n.
I' soll mir um an G'vattern schau'n
Und um aWiag'n.

Aber i'schau mir um koan G'vattern,
I'schau um koa' Wiag'n.
I' schau mir um an anders Dirndl
I' wir' schon oans kriag'n."

Ja sogar der Vater des Kindes selbst hatte mitgesungen.
Resei ballte in der Erinnerung daran die Fäuste, und in ihrem allmählich blasser werdenden Gesicht zuckte es von bösen Wettern im Innern.
„Na wart' nur, Schuft, meineidiger!"
Da legte ihr die Hebamme ein längliches Bündel auf die Bettdecke mit den Worten:
„So, da hast'n, dein' Buam. I' muaß aber jetzt glei' schau'n, daß i' 'hn zu der Tauf' trag'."
So neugierig, so über alle Maßen verwundert hatten Reseis

blaue Augen wohl noch nirgends hingeguckt wie jetzt auf den Buben. Huh, wie rund und überrot das Gesicht und wie dumm! Wie verflixt ihr selber ähnlich, bis auf die Augen, die – Resei fühlte es wie einen Dorn im Fleisch – schwarz waren wie Holunderbeeren. Aber wenn er sie zumachte, wie eben jetzt, merkte man nichts davon.

„Bua", rief sie lachend und ihn schüttelnd, „dei Glück, daß d' dein' miserabligen Vatern net gleichsiahgst, sunst gang's dir schlecht, dir, ja!"

Nun, weil er seinem Vater nicht ähnlich sah, ging es dem Buben verhältnismäßig sehr gut. Die Hebamme räumte alles hinaus, was nicht hereingehörte, denn Resei besaß weder Mutter noch Base. Nur einen griesgrämigen Vater hatte sie, der in früher Morgenstunde fluchend fortgegangen war und sich seither nicht mehr hatte sehen lassen. Wäre die Hebamme nicht gerade zufällig am Häuschen vorbeigegangen, dann hätte sie keinen Menschen gehabt in der Stunde der Not. Vielleicht hätte sie auch niemanden gebraucht. Ihr Körper war von klein auf nie gepflegt und doch schön und elastisch geworden. Sie hatte in den schlimmen letzten Monaten schwer arbeiten und sich plagen müssen und fühlte sich doch jetzt weder müde noch leidend.

Als die Hebamme mit dem Kinde fort war, rutschte sie aus dem Bett, schlüpfte in den Unterrock und begann, in der Stube Ordnung zu schaffen. Dann holte sie aus dem angrenzenden Verschlage eine Heuschwinge, legte ein Kissen hinein und ein leinenes Tüchlein darüber und dachte, daß dies eine prächtige Wiege abgebe für den Buben. Jetzt verspürte sie aber auch einen argen Hunger, sie hatte ja seit gestern nichts mehr gegessen. Sie begab sich auf die Suche nach etwas Eßbaren, fand aber nichts als einen vertrockneten Knödel aus Roggenmahl und ein Stück Brot, das Gott weiß wie lange schon in der Schublade des Tisches gelegen.

„Reiche Bäuerinnen oder gar Prinzessinnen bekämen jetzt wohl Kaffee und Kuchen", dachte sie neidvoll während des Essens. Indessen schmeckte ihr auch das Vorhandene trefflich, und als sie mit ihrer Mahlzeit fertig und wieder ins Bett geschlüpft war,

sah sie so unschuldig aus wie etwa ein Kätzchen, das sein Mäuschen gefressen und sich die Pfoten reingeleckt hat.
Der Herr Pfarrer, so berichtete die zurückgekehrte Hebamme, hatte aber anders aufgedreht wegen dem Buben. Nach Ablauf von vierzehn Tagen möge sich Resei auf seinem Zimmer einfinden, warum, das könne sie sich schon denken. Was sie, die Hebamme, selber anbelange, so verbitte sie es sich ganz energisch, daß Resei ihr ein zweites Mal komme. Denn man habe doch nur Verdruß und Schererei mit den ledigen Bamsen. Im übrigen möge sie, nämlich Resei, auf ihre Gesundheit acht geben und sich vor der Einsegnung am Altare[1)] nicht viel vor den Leuten sehen lassen, damit ihr kein böser Blick schade. Ins Kindsbad sei jedesmal Weihwasser zu spritzen, auch dürfe die Wäsche ja nicht im Freien, sondern nur am warmen Ofen getrocknet werden, sonst bekomme der Bub das „Nachtgeschrei" usw.. Der Kleine sei durch die heilige Taufe von aller Erbsünde gereinigt und ein Kind Gottes geworden und habe nach seinem Großvater den Namen Johann Baptist erhalten.
Resei sagte der weisen Frau einen schönen Dank und sie würde ihre Schuldigkeit schon machen, sobald sie nächstens wieder fähig wäre zum Arbeiten.

Nun war sie mutterseelenallein mit ihrem Buben, von welchem nur das rote Gesicht, die kleinen Fäustchen und ein Büschel dunkler Haare zu sehen waren. Alles übrige war in Kissen und Linnen versteckt. Resei schaute und schaute ihn an, es war ihr zumute, als müsse sie dem Ding da einen Kuß geben. Es war so weich und warm, sie legte es eng zu sich und schaukelte es in den Armen. Wie hilflos doch der Kleine war! Wenn ihr z.B. jemand was zu Leide tun wollte, dann konnte sie sich ganz kräftig wehren, Ohrfeigen austeilen, Nägel und Zähne einsetzen, Haare und Bart ausreißen usw.. Auch hatte sie es in scherzhaften Balgereien gelernt, den Gegner mit einem flinken Stoß gerade so zu treffen, daß er unbedingt fallen mußte. Der kleine „Hansei" da aber mußte alles über sich ergehen lassen, was man ihm antat.

„Na halt's Mäul, Boa!" tröstete sie ihn, als er erwachend, zu krächzen anhub. „Halt's Mäul und sei stad. Iatzt derweil hilf dir i', und wannst d' amal größer wirst, dann richt' i' di' schon aso ab, daß d' alles drunter und drüber haust, was dir net recht is. Dann wer'n mir's aa dein' lumperischen Vadern schön geb'n, was eahm gebührt."
An ihrer Brust schlief er wieder ein, und Resei versank, regungslos zur schwarzglänzenden Stubendecke emporstarrend, in dumpfes Brüten. Zuletzt aber entschlummerte sie auch. –
Als sie wieder erwachte, schimmerte bereits das Abendrot durch die kleinen Fenster in die schwarze Stube herein. So still war es, nur die Uhr tickte eintönig an der Wand. Eine große Traurigkeit beschlich sie, denn niemand war da, dem sie ihren Buben hätte zeigen können. Wenn doch wenigstens ihr Vater gekommen wäre und über ihn einen kurzen Lacher ausgestoßen hätte. Aber der blieb aus, und Resei fühlte sich mit ihrem Kinde von Gott und der ganzen Welt verlassen.
„Herrgott, is dös a Kreuz!" stöhnte sie, wand sich aus dem Bett und trat an eines der Fenster, um es zu öffnen.
Das Lenzenhäusel stand einsam am Abhang des Neufangerberges, das Dorf Neufang unten im Tale verbarg das Gehölz. Aber andere Dörfer und Märkte konnte man im Ring der bewaldeten Höhen genug sehen. Dazu blühende Felder, Höfe, Weiler –
„Herrgott, so groß die Welt und so viel die Leut', aber i' und mei' Bua hab'n nix und neamden, mir zwoa han muadaseel'nalloa!"
Wimmernd klangs durch die Stube, und zugleich wimmerte auch die sich öffnende Türe. Der Lenzenhäusler, ein magerer, schwarzer Kerl, kam mit Säge und Axt von der Arbeit zurück. Ein scheuer Blick seiner dunklen Augen flog über das sich ihm darbietende Bild, dann wandte er sich jäh ab, während es sich zischend seinen zusammengebissenen Zähnen entrang.
„Malefizluader, schlecht's!"
So hatte er sie genannt, sooft er sie geschlagen. Mochte er sie jetzt wieder schlagen, es war ihr schon alles gleich. Sie erwartete schon seine Faust, aber dieselbe kam nicht. Und als sie end-

lich halbblind aufblickte, sah sie den alten Mann auf der Ofenbank sitzen und weinen, weinen wie ein Kind.
„Vatei!“ schrie sie, „woan net! I’ bitt’ di’ um Gott’shimmelswill’n, woan net! Schau’ i’ tua’s ja mei’ Lebtag nimmer, aber nur dös oane Mal verzeihg mir’s!“ Sie wollte zu ihm hin und seine Knie umfassen, aber der Bub begann zu schreien und sie mußte zum Bett zurück.
„Sei stad, du Bankert[2)]!“ keuchte sie. Und zum Vater gewendet, fuhr sie fort: „Es ist iatzt schon was’s is, i’ kanns nimmer ändern. Aber arbeiten, Vater, will i’ für di’ und’s Kind, Tag und Nacht arbeiten mei’ Leb’n lang!“
Zum Ofen tretend, überkam sie eine plötzliche Schwäche. Sie sank in die Knie und begann so, halb sitzend, Feuer zu machen. Da sprang der Lenzenhäusler auf, wild schreiend:
„In’s Bett marsch, du, und lieg’n bleibst, du! Glaubst, i’ laß mir Doktor- und Apotheker- und Leichenkosten aa no’ aufbürden! Um d’Ehr’ hast uns eh schon ’bracht, du! Schama muaß ma’ sich, wann ma’r unter d’Leut’ geht!“
Gehorsam schlüpfte Resei ins Bett und zog die Federdecke über sich und den Kleinen. Der Vater sollte das ihm verhaßte Ding so wenig wie möglich sehen. Bald hörte sie, wie er mit Pfannen und Töpfen um den Herd herumhantierte, er kochte sich also seine Abendsuppe. Nach etwa einer Viertelstunde lüftete sie doch die Decke ein wenig, da sah sie ihn mit einer dampfenden Schüssel und einem Löffel vor sich am Bett stehen. „Da“, zischte er gehäßig, „da friß!“
Resei saß auf und aß die Eiersuppe, bescheiden und zerknirscht zugleich, während er sich mit seinem Anteil auf die Ofenbank setzte. Später ging er hinaus, die Hühner zu versorgen und die Kuh zu füttern und zu melken, und als er wiederkam, schlief sie unter der Decke mitsamt ihrem Kleinen. Auch der Lenzenhäusler begab sich zu Bett im angrenzenden Verschlage, wo er noch bis gegen Mitternacht von Zeit zu Zeit aufstöhnte.
Sechs Tage später kam die Hebamme wieder zufällig des Weges und da hörte sie Reseis Stimme im Bergwalde oben jodeln:

„Heh, trulijöh, Buama, der Wald is grea'!
Heh truljöh, habt's denn koa' Schneid?
Heh truljöh, iatzt han i' koa Schatzerl mehr,
Heh truljöh, dös is mei' Freud!
Han i' koa' Schatzerl mehr,
Dös is mei Freud, juhe!
Holla ri, holderiahooo!"

Und als die Alte neugierig durchs Fenster ins Innere des Häuschens blickte, sah sie den Lenzenhäusler an der Heuschwinge sitzen und wiegen, während er in den gräßlichsten Tönen das Wiegenlied brüllte:

„Heijo, hutsch heijo,
Schlaf nur, mei' Bua,
Sunst beißt dir der Fuchs 's Mäu' o'
Und's Nosei dazua!

Heijo, hutsch heijo!
Schlaf, Buawei, schlaf!
Aft[3)] kaaf i' dir an Schimmel
Und a zuckeres Schaf!"

1) Kirchliche Reinigungszeremonie
2) Unehelich geborenes Kind
3) Dann

## *Ein Besuch*

Beinahe hätten mich einige Sonnenstrahlen, die – ich weiß nicht wie – über das hohe Mauerwerk des Vordergebäudes her Eingang in mein düsteres Zimmer gefunden hatten, aufatmen, ja sogar den Frühling erhoffen lassen, da verdeckte plötzlich wieder bleigraues Gewölk das Stücklein Himmel, welches ich von meinem Fenster aus zu sehen gewohnt war, und ein eisiger Wind pfiff durch den engen, schwarzen Hof. Ich horchte eine Weile auf die schaurige Melodie, welche die Natur eigens für unglückselige, vom tückischen Schicksal gehaßte und verfolgte Wesen komponiert zu haben scheint und ließ dann, als auch noch etliche Püffe Hagelkörner an mein Fenster prasselten, verzweifelnd den Kopf sinken.

„Wie man nur in deiner Lage noch hoffen mag!" sagte eine leise, monoton klingende Stimme neben mir. „Kannst du denn durch gar nichts zu der Einsicht gebracht werden, daß für dich eben kein Röslein mehr blüht? Fruchten all die erhaltenen Schläge nichts? – Was für Mächte müssen denn dann eigentlich noch her, um jenes zähe Ding in deinem Herzen, welches schon bei einem armseligen, flüchtig vorbeiirrenden Sonnenstrahl wiederum sein Haupt erhebt, endlich totzukriegen? – Denn es ist doch ganz unnütz, es foppt dich beständig und redet dir immer und immer wieder zu, zu warten. Zu warten – auf was? – Doch nur auf Gräber, – Gräber, in denen all dein Liebstes, der Wert und Inhalt deines Lebens verwest und über die der Wind hinfährt, pfeifend, gleichgültig so wie jetzt. Denn das wird immer das Ende sein, ob nun früher oder später. Und ist's denn nicht besser, früher? –"

Ich nickte wortlos und stierte durchs Fenster ins Graue. In das Geräusch des Windes draußen, der stärker und stärker ward, mischte sich auch das Dröhnen der Trambahn. Das Großstadtleben wogte in nächster Nähe vorbei und doch, wie weit schien es mir entfernt, weltenweit! Unmöglich, daß es mich je noch einmal streifte, nachdem es mich schon am ersten Tage, da ich mich in seinen Wirbel wagte, als schwerfälliges Element wieder

ausgestoßen und in dieses Mauerviereck hereinverschlagen hatte. – Unmöglich, daß einer von draußen mir nachfand – unmöglich – da klopfte es plötzlich an die Türe.
„Guten Tag!“
Ich sprang auf und starrte den Eintretenden an, sprachlos anfangs, denn er dünkte mir so merkwürdig bekannt. Dann aber, als mir durch längeres Betrachten volle Gewißheit über ihn geworden, begrüßte ich ihn mit erzwungener Ruhe.
„Ich glaube, wir kennen uns, obwohl wir uns persönlich nie gesehen“, sagte ich.
„Ja“, nickte er, langsam auf dem ihm hingerückten Stuhl Platz nehmend. „Ich hatte leider so lange nicht Gelegenheit, Sie zu besuchen. Wenn ich auch beständig unterwegs bin, komme ich doch in Ihre Gegend seltener. Immerhin bin ich auch dort bekannt.“
„Lieber Gott, wo in aller Welt wären Sie das nicht!“ rief ich schnell aus.
„Ich glaube, es gibt überhaupt keinen vielgenannteren Namen als den Ihren. Schon als Kind las und hörte ich viel von Ihnen. Leute, die Ihnen irgendwo einmal begegnet, erzählten mir stundenlang davon.“
„Ja“, versetzte der Besuch mit einem trockenen Lachen, „ich pflege meist einen tiefen Eindruck auf die Menschen zu machen, so daß sie mich nicht leicht wieder vergessen. – Hm – da werden Sie wohl manchmal schöne Dinge über mich gehört haben, nicht?“
Ich mochte nicht lügen und bejahte deshalb. „Doch“, fügte ich hinzu, „kamen mir die Schilderungen, die ich über Sie empfing, oft übertrieben vor. Wiewohl – aus denselben allein habe ich Sie vorhin bei Ihrem Eintreten sofort erkannt.“
„Nun wie gefalle ich Ihnen dann?“ fragte er, sich lang vor mir aufpflanzend und sein gelbes, hageres Gesicht zu einem Lächeln verziehend.
„Wollen Sie denn gefallen?“ lächelte ich ebenfalls.
„Ich will da, wo ich mich einmal eingeführt habe, öfters verkehren, will, wo ich einmal heimisch geworden bin, bleiben.“

„Mein Wesen wird vielleicht nicht nach Ihrem Geschmack sein!“ rief ich, im Innersten entsetzt über die Aussicht, den mir unheimlich werdenden Gast öfters, ja beständig hier haben zu müssen.
„Warum nicht gar – im Gegenteil! Übrigens – ich werde Sie bei längerem Verkehr nach meinem Geschmack ummodeln, glauben Sie nicht?“
„Man sagt, daß Sie die Macht besäßen, die Charaktere zu formen und zu biegen, wie es Ihnen gefällt. Allein ich glaube nicht daran.“
„Natürlich, weil Sie mich noch nicht gut genug kennen! Aber das wird sich schon geben. Ich gestehe es, Sie gefallen mir gar wohl, und ich will darum gerade an Ihnen meine Erziehungskunst probieren. Sie sind von Natur aus stolz, wollen lieber in Elend verharren, als sich jemanden unterwerfen. Sie sind offen, verachten Heuchelei und Kriecherei, das alles werde ich Ihnen abgewöhnen.“
„Sie werden mich nicht mehr zu ändern vermögen.“
„Nicht mehr? – Was heißt ‚nicht mehr!‘ Sie leben ja noch! Ha ha – und so lange einer lebt, weiß ich mich immer seiner mächtig.“
Daß ich darauf spöttisch die Achseln zuckte und mich trotzig in meinen Stuhl zurücklehnte, versetzte den anfangs so Ruhigen in eine plötzliche Wut. Dicht vor mir hintretend, schrie er mich an wie ein Besessener:
„Du wagst es, an meiner Macht zu zweifeln? – Armer Narr, glaube mir, ich habe schon Stärkere als Dich bezwungen, habe Helden, die in der Schlacht dem Tode mutig die Stirn boten, hinterher in Feiglinge, stolze Größen, die sich für zu gut hielten, jemands Gruß zu erwidern, in winselnde Bettler, weise Denker in Blödsinnige und Idioten verwandelt, habe spröde Jungfrauen zu feilen Dirnen, ehrliche Leute zu Dieben, friedfertige zu Mördern gemacht, habe –“
„Um des Himmels Willen schweig!“ rief ich dem gleich einem entfesselten Dämon Rasenden entsetzt zu. „Schweig, ich bitte dich! Ich will ja glauben, daß in dem furchtbaren Kampf ums

Dasein in tausenden von Fällen du der Überwinder des Guten bist, aber nach diesen tausenden kommt doch auch einer, wo du beschämt stehen und sagen mußt: ‚Hier ward ich überwunden'".

Hohn, grausamer Hohn sprach aus dem Lächeln, mit dem er sich über mich beugte und fragte:

„Und du willst wohl ein solcher Fall sein?"

„Ja, bei Gott!"

„Du willst dich von mir nicht erziehen, nicht geschmeidig machen lassen?" fragte er weiter, mich zugleich mit beiden Klauen wie ein wildes Tier anfallend.

„Laß mich los, oder ich rufe um Hilfe!" schrie ich.

„Und wenn du um Hilfe rufst, – wenn du deine Nächsten bettelst, dich gegen mich zu schützen, was ist das dann anderes, als ein erster, glänzender Erfolg meiner angewandten Erziehungskunst? – Ha ha ha ha!"

In ein tönendes Gelächter ausbrechend, beugte er sich zurück, während ich, vor der fürchterlichen Wahrheit dieser Worte erstarrend, die zur Abwehr erhobenen Hände sinken ließ. Doch langsam richtete ich mich wieder auf, und lauernd, erwägend, welcher von uns beiden sich wohl in der Folge als stärker erweisen würde, sahen wir uns dann ins Auge,

ich und – der Hunger.

## *Morgen*

Der Himmel erwartet die Sonnenbraut.
Wohl hat er von ferne ihr Bild schon erschaut,
Denn sieh, wie jäh sich das Antlitz sein
Gerötet mit feurigem Purpurschein.

Nun steigt sie herauf mit strahlendem Blick,
Der Bräutigam grüßt sie in seligem Glück
Und führet sie sacht ins azurne Zelt.-
Schön guten Morgen, du herrliche Welt!

## *Frohe Ausfahrt*

Jetzt hat er die Harmonika,
So laßt ihn vor uns pfeifen,
Indessen wir mit Hopsassa
Durch Wald und Wiese streifen.
Der Bursch ist sauber wie der Tag
Mit seinem Sonnenleuchten,
Und jedem Mägdlein, das ihn mag,
wird oft das Aug sich feuchten.

Jetzt singen wir den Berg hinan,
Die Bäche unten sausen,
Und Steine kollern auf der Bahn,
Hoch oben Wälder brausen.
Der Kuckuck ruft, der Häher schwebt
Lautschnalzend dort im Blauen,
Das Herz erbebt und jauchzt und strebt,
Vom Berg ins Tal zu schauen.

Ihr Burschen, wendet euch geschwind,
Nehmt jeder froh die Seine
Und stürmet wie der Wetterwind
Hin über Moos und Steine.
Das Glück in uns hat festen Halt,
Das wollen wir nicht jagen,
Nur sehen, was dazu der Wald
Und Tal und Bäche sagen.

Es lacht die Lust aus jedem Strauch,
Weil licht die Zweige prangen,
Sie wiegt sich in der Winde Hauch
Und kost um unsre Wangen.
Froh tobt der Bäche Silberfall,
Hoch steht des Waldes Bogen,
Ein Blumenmeer, grüßt uns das Tal,
„Kommt, sinkt in meine Wogen!“

O holde Jugendseligkeit
Was gleichet deiner Süße!
O daß der Liebe Wunderzeit
Sich ewig halten ließe!
Doch rastlos wechseln Glück und Pein
Wir selbst, wie bald, vergehen,
Und über unsrer Gräber Reih`n
Wird neuer Lenz erstehen.

## *Die schönste Musik*

Welche Musik mit die liebste sei?-
Aus Burschenkehle ein Jauchzer frei,
Ein Lied, wie‘s der wilde Vogel singt,
Ein Laut, der von Muttermund erklingt,
Des munteren Bergbachs Brausen
Und des Tannwalds heiliges Sausen.

## *Heckenröslein*

Im Hag da hat der Frühling
Groß Wunder aufgeführt,
Mit seinem Zauberstabe
Den grünen Dorn berührt.
Da sind hervorgesprossen
Viel Röslein hold und zart,
Duftvolle Blumenküsse,
Allein in ihrer Art.

Die Mädchen und die Burschen
Ziehn jodelnd ihre Bahn.
Sie bleiben stehn und staunen
Das Frühlingswunder an.
„Hei, Rosen, süße Rosen!
Gib mir, ich geb‘ dir auch!“
Und jubelnd wird umrungen
Der Heckenrosenstrauch.

Laßt sie nur ritzen, bluten,
Die hast‘gen Fingerlein!
Bald prangt auf Hut und Busen
Das Dornenblümchen fein.
Dann ziehn mit neuem Jauchzen
Sie weiter wie die Wolk‘,
Die Mädchen und die Burschen,
Das heitre Frühlingsvolk.

## *Sommernacht*

Wie lustig ist`s im dunklen Wald,
Wenn Mondschein drüber lacht,
Der Sang der Burschen weithin schallt
In lauer Sommernacht!

Es zirpt die Grille dort am Bach,
Die Unke ruft im Teich,
Und übers Tal hin zieht gemach
Der Nebel schleierweich.

O gäbe man nur Freiheit mir
Und kecken Burschensinn,
Wie zög‘ ich froh durchs Waldrevier,
Durchs nachtumhüllte, hin!

Wie freut‘ ich mich des Lebens doch!
Wie hätt‘ ich Gott so lieb!
Ich dankt‘ ihm für das Reislein noch,
Das mir vom Frühling blieb.

Ich hätte Mut, durch alle Welt
Zu wandern mit dem Stab,
Zu wandern ohne Gut und Geld
Als froher, junger Knab.

Das Glück, das Schicksal zwäng‘ ich mir,
Mein Sklave müßt‘ es sein;
Und wollt‘ es lieber schmollen schier,
Ging‘ ich vergnügt allein.

So aber darf ich schüchtern nur
Durchs Kammerfenster spähn,
Darf lauschen nur der Kühnen Spur,
Die durch das Weltall gehn.

Darf lachen wohl, doch nicht zu hell,
Wenn Jugendlust mich neckt,
Darf weinen auch, doch nicht zu grell,
Wenn Leid und Schmerz mich schreckt.

Reicht, Mädchen, freundlich mir die Hand!
Nicht alle leidet ihr,
Doch zieht des Gleichgefühles Band
Euch unbewußt zu mir.

## *Beim Mähen*

Wie dauern mich die Blümelein,
Die meine Sense scharf,
Die tödlich blitzt im Sonnenschein
Nun nimmer schonen darf!

Kein Zögern hilft; es muß gescheh`n.
Ein Trost verbleibt mir doch:
Sie werden alle neu erstehn,
Und vor dem Herbste noch.

So ist es mit der Hoffnung auch:
Heut` knickt sie das Geschick,
Und bald erschließt der Freude Hauch
Aufs neue ihren Blick.

## *Der Alten Tanz*

Ein Wäldlerbauer, der Bergveitelfranz,
Will gehen mit seiner Alten zum Tanz.
Stramm führt er sie in die fröhlichen Reih'n;
Der Bergbauer will heute lustig sein.

Der Margareth altes, falt'ges Gesicht
Strahlt nochmals in sonnigem Jugendlicht;
Des Bergbauern Bart, mit Silber bestreut,
Er wirbelt ihn auf wie in alter Zeit.

„Nun spielt, Musikanten, den Ländler auf!
Alt' Gretel, heut' müssen die Stiefel drauf!
Ihr Frösche, ihr jungen, nur stracks heran!
Heut' sollt ihr' mal seh'n, was ein Alter kann."

Und er dreht seine Grete flink im Kreis,
Bald lustiglich schnalzend, bald jodelnd leis.
Ob auch nicht rührig sie mehr und gewandt,
Die Jungen tanzen sie alle zuschand!

Die Burschen, die Mädchen, sie steh'n und schau'n,
Als wollten sie kaum ihren Augen trau'n,
Die Alten aber, die brüsten sich froh:
„Auch unsereinem gelänge es so.

Doch hat die Jugend nichts Schneidiges mehr
Und drehet sich prahlenden Schritts einher.
Ja, heut von früher, verschieden wie weit!
Hoch lebe die alte, die goldene Zeit!"

## *Meine Mutter*

Meine Mutter war schön, als sie jung noch war,
Doch viel schöner noch ist sie im weißen Haar,
Mit dem Blick, der so herzlich begütigend spricht
Und dem blassen, durchfurchten Leidensgesicht.

O Mutter, wie möchte‘ ich viel Liebes dir tun,
Dir Blumen hinschütten, darauf du könnt‘st ruh‘n,
Dich schirmen, bewachen dir jeglichen Hauch!-
Ach Mutter, wenn du stirbst, dann sterbe ich auch!

Gib die Hand mir, die zitternd ruhet im Schoß!
Ich brauch‘ was zum Halten, ich laß dich nicht los!
So lange die Hand ich so halte hier,
So lang kann das Glück nicht entfliehen mir.

## *Vater und Kind*

„Glaubst du, daß Mutter friert im Grab
Tief unter Eis und Schnee?
Sie nahm ihr schwarzes Kleid hinab-
Ach, tut mein Herz so weh!
Sie liegt allein, sie fürchtet sich,
Die Nacht ist schwarz und kalt,
Und weht der Wind nicht schauerlich
Jetzt durch den Friedhofswald!“

„Mein Kind, die Mutter friert nicht mehr
Sie träumt den seligen Traum,
Hoch überm lichten Sternenheer
Im warmen Himmelsraum.
Dort macht sie auch ein Bett bereit
Mit Kissen weiß und lind
Und harret voller Seligkeit
Auf dich und mich, mein Kind!“

## *Das kranke Kind*

Die Nacht ist lang, das Herz wird bang,-
Wann kehrst du, Morgen, wieder?
Der Seufzer zieht, die Schläfe glüht,
Das Blut pocht laut dawider.

Der Schlummer flieht das Auge müd,
Kein Schimmer es begrüßet,
Kein Morgenstern in dunkler Fern,
Die noch kein Purpur küsset.

Doch still geschwind, du krankes Kind!
Die Zeit, sie bleibt nicht stehen.
Sie eilt voran, der Tag bricht an,
Und Morgenlüftlein wehen.

Der Mond erbleicht, das Dunkel weicht
Dem grauen Morgendämmern,
Dein Aug wird licht im Blaßgesicht,
Es schweigt der Pulse Hämmern.

Der Sonne Glanz im Purpurkranz
Begrüßen Lerchenlieder,-
Der Morgen macht gesunde sacht
Dich, krankes Kindlein, wieder.

## *Das Gebet*

Aus Freud und Leid, wie's Blümlein zart
Aus Weggebüsch und Dornen hart,
Ringt stille Sehnsucht sich empor
Zum lichtumfloss'nen Himmelstor.

Dort fleht das Herz an Schöpfers Thron:
„Der kalten Welt bin ich entfloh'n.
Nun fülle mich mit Himmelsglück,
Daß neugestärkt ich kehr' zurück.

Ausharren will ich fester dann
In deiner Liebe süßem Bann
Bei Sorg' und Schmerz und Erdennot,
Bis mich erlöst der kalte Tod."

Die Blum', von Tagesglut geknickt,
Im Abendtau sich neu erquickt,
Das müde Herz, von Leid durchweht,
Sucht Trost und Labung im Gebet.

*Zum Abschied*

Du gehst so froh? – Ja, geh nur Kind!
Dich lockt die Wolke, lockt der Wind.
Doch wo du ziehst, allüberall,
Gesegnet sei, mein Sonnenstrahl!

Winkt's dir aus Gärten, folg der Spur,
Siehst du ein Blümlein, pflück es nur,
Sei glücklich wie der Hauch im Hain
Und leichtbeschwingt, doch bleibe rein!

Denn kehrst du wieder, sei's um Gott
Nicht deinem sonnigen Einst zum Spott!
Such lieber fern ein Grab für dich,
Und deine Seele hole mich!

Laß es ruhig auswittern, Seppi,
Bäume haben mehr wir im Walde,
Schindeln liegen viel auf dem Dache,
Schlafe.

Morgen, soll es weiter noch stürmen,
Richt' ich alles, stütz' ich das Ganze.
Kannst du sorglos wiederum spielen,
Schlafe.

Schön ist's Winde rasen zu hören,
Wenn am Herd wir traulich geborgen.
Bitte Gott für die Heimatlosen,
Schlafe.

## *Dem Freunde*

I

Dem lieben Gott ward einst das Herz so voll
Der Lieb‘ und Milde, daß es überquoll;
Kostbare Tropfen rannen schimmernd nieder,
Doch schnelle Engel sammelten sie wieder.

Mit gold‘ner Schale traten sie zu ihm.
Ehrführchtig frug ein lichter Cherubim:
„Wohin nun mit dem Becher, Herr der Heeren?“
„In eines Menschen Herz dürft ihr in leeren.“

Der Cherub flog, ein Blitzstrahl, erdenwärts
Und leert‘ den Becher in ein Mannesherz
Und neigte sich und küßt‘ dem Mann die Stirne
Und schwang sich wieder auf zur Himmelsfirne.-

Freund, den ich meine, schmäh nicht dies Gebet
Inbrünstiger Dankbarkeit, die schüchtern fleht
Nur um dein Lächeln noch, wie`s Gott auch gönnet
Dem Sünder wieder, der mit ihm versöhnet.

II

(Frei nach Heine)

Und dann laß dir Veilchen bringen,-
Meine Blumen, - weiße Rosen,
Rote Knospen, die bald springen,
Nelken und Vergißmeinnicht.

Denn ich will dich schön bekränzen
Und du sollst dich herrlich freuen,
Alle Vögel müssen singen,
Alle Lüfte rauschen froh.

Doch du schüttelst halb geärgert,
Halb belustigt, unzufrieden
Über alle meine Freude,
Spöttisch schüttelst du den Kopf.

Und ich kann zusammenpacken
Mit Vergißmeinnicht und Veilchen
Mit den holden weißen Rosen –
Freund, der Teufel hole dich!

## *Stammbuch*

I

An Herrn P...

Mögen auf der Lebensreise
Harte Menschen mir begegnen,
Zeiten schwer mich überkommen,
Eine schöne wird' ich segnen

Eines Freundes mich erinnern,
Edlen Sinnes und voll Güte,
Wert, daß ihm vor allen Menschen
Ungetrübtes Glück erblühte.

Möchte' es Ihnen nach den Wünschen
Meines Herzens stets ergehen!
Könnte ich des Himmels Segen
Auf Ihr Haus herniederflehen!

Wie ins Buch hier meinen Namen
Will ins Herz ich Ihren schreiben
Und Sie werden mir, Gott weiß es,
Immer unvergeßlich bleiben.

## II

### An Frau P...

Die es versteht, die Teuren zu beglücken,
Das Haus zu wärmen mit der Liebe Schein
Und mit des Friedens Blumen auszuschmücken,
Muß eine Perle unter Frauen sein.

Die auch für fremden Gast ein freundlich Grüßen,
Ein trautes Plätzchen an dem Herde hat,
Die allen weiß, die Herzen aufzuschließen,
Die mit verschloss'nen traurig ihr genaht,

Das ist die Krone aller edlen Frauen,
Selbst glücklich, wie sie and're glücklich macht.
In jedem Auge wird sie leuchtend schauen
Die Lieb' verdoppelt, die sie dargebracht.

## *Väterliche Ermahnung*

Mein Sohn, und wenn ich sterbe,
Dann erbst du Geld und Haus
Und suchest dir zum Weibe
Das schönste Mädchen aus.

Mein Sohn, und wenn ich liege
Vermodert längst im Grab,
Dann jagst durch deine Gurgel
Du Geld und Haus hinab.

Mein Sohn, und das ist bitter.
Für was hätt' ich gespart
Und meinen alten Magen
Mit Wasser nur genarrt?

Mein Sohn, und laß dir sagen,
Ein Glück, daß ich noch bin
Und selbst mein Teil kann tragen
Zur Hirschenwirtin hin!

*D'Neb'nsach'*

„I hör', du bist auf Brautschau g'we'n?
Wia hat's dir aft'n g'fall'n?"
„Bua", schmuzt der Hans, „da kunnt i' red'n!
Will aber nöt gern prahl'n.

A so a Haus, a so a Viah,
A so an Oekolomie
Wia dö', mei' Liaba, find't ma' nia,
Dös wird a G'schäft für mi'!"

„Ja, - was is's aber mit der Braut?
Is doch a dantschig's Leit?"
„Na, so g'nau han i's nöt ang'schaut!
Zu dem is allweil Zeit!"

## *Mei' Hansl, mei' Bua*

Mei' Hansl, mei Bua, bist so frisch und so g'schmach,
Bist so sauber und fei', ja es tuat dir's neamd nach.
Und i denk schon an di', stehn i auf in der Fruah,
Gehn i abends ins Bett, sing i: Hansl mei' Bua!

Wia d'Bleami im Wald draußt, wia d' Vögerl im Baam,
Wia's Bacherl im Tal drunt, nix Schöners gibt's kaam,
Aber de' Bleami und d' Vögei und der Bach hab'n an Ruah,
I siag nix und hör nix, kimmt der Hansl, mei Bua!

Der is ja so herzi', der singt dir so hell!
Seine Aug'n hand hübsch dunk'l, aber rein wiar a Quell,
Der Schelm lacht eahm außa und d'Liab aa dazua,
Ja, wer kunnt die denn harb sei', mei' Hansl, mei' Bua!

Es is net allweil Summer, der Winter kimmt bald,
Aber mir is nöt bang, wird's a no'mal so kalt.
Denn was kümmert mi''s Weda, wann i heirat'n tua!
Gelt, mir bau'n uns a Hütterl, mei' Hansl ,mei Bua!

## *Dem Schwirzer sei Dirndl*

A Dirndl sagt mit nasse Aug'n
Zan Buam, der Schwirzer is:
„Dei' sündlas Treib'n tuat mir nöt taug'n,
I laß di', glaub mir's g'wiß!
Mei' G'wiss'n halt' i' rein und frei,
Mit dir waar's um mi' g'feit.
Gibst du nöt auf die Schwirzerei,
Aft san ma g'schied'ne Leut!"

Der Bua lust auf die Prödö guat
Und lacht schö' stad dazua,
Drauf lüftlt er sein' Jagahuat
Und tuat, als hätt' er g'nua.
„I woaß's ja", sagt iatzt's Dirndl schnell,
„Du kannst es doch nöt grat'n!
Zweg'n meiner, bring di' in d' Höll,
Es is die' eigner Schad'n!

Nu ebbs! – Vergess'n hätt' i' fast,-
Mei' liaber, liaber Bua,
Wannst wieder schöne G'leg'nat hast,
Schwirz mir a feins Paar Schuah!
A Fürda bring mir aa, ganz neu,
Mit Farb'n, schö' liacht und g'mischt,-
Und schau fein auf, daß di' dabei
Koa Grea'rock nöt derwischt!-„

## *Der Nanni ihr Traam*

Mir hat' traamt, daß i' g'storb'n bin, Gott, dös war a Load!
Daß i' g'leg'n bin im Trauh[2] in a schneeweiß'n Pfoad[3],
Und rund um mi' uma hab'n d'Leut' bet' und g'rährt:
„Iatzt muaß dös schö' Dirnei so jung unter d'Erd!"

Han an Kranz auf'm Kopf g'habt, an grean', mit viel Blüah,
Und an andern vo' bluatrote Naagerl um d'Knia,
Is der Sepp daher'kemma, - frei's Herz hat mir'brennt,-
Und is mit mein Kranzl zum Haus außig'rennt.

Drauf hat mi' an Engl in Himmö furttrag'n,
Auf an Stern hab'n mir g'rast't, er hat d'Flügel
z'samm'g'schlag'n
Und sagt zu mir: „Nannei, tua z'ruck nu'mal schau'n,
Sunst derfan mar uns nöt in Himmö ei'trau'n."

I schau halt und schau z'toifest abi auf d'Welt,
Da siahg i'n Sepp'n beim Mirzl im Feld,
Wiar er s'busselt und sagt: „Iatzt is's Nannei dahi',
Bin froh, daß i's Kranzl derlangt hab für di'!"

„O auweh, mei' Himmö, i' bin in der Höll!
Wia hast mi' verweist du goldg' flügleter G'söll!
O auweh, mei' Herz, i' kann's nimmer aushalt'n!"
A so han i a Stund wohl dem Engl vorg'scholt'n.

G'schmuzt hat er, weitmächti' de Flügl aus'broat't:
„Dös Z'rückschau' is dir für dei' Fegfeuer g'roat't.
I' moa', du hast g'sehng iatzt und ausg'stand'n g'nua,
So roas'n mir weiter, dem Himmelreich zua!"

„Ja freili', was Fax'n!„ schrei i' voller Wuat,
„Moanst, i laß eahms drei'gehn, dem Sakra? – Waar guat!-
Aus laß mi', daß i eahm sei' Falschheit kann zahl'n!"
Drauf bin i'kreuzfuchti' auf d'Erd' niederg'fall'n.

Der Sepp kriagt a Watschn, der Dirn gib i vier.
„So", schrei i' zum Engl, „iatzt gehn i' mit dir!"
Im Schrei'n bin i' aufg'wacht, bin g'leg'n unterm Bett,
Vor'm Fenster hab'ns g'juhetzt, - der Engl war's net.

## *Der Kuckuck*

Der Kuckuck kam ins Dorf herein,
Saß auf dem Apfelbaum.
Die Kinder neckten ihn mit Schrei'n,
Er tat, als merkt' er's kaum.
„Ach, Kinder, laßt den Kuckuck dort,
Glücksvogel soll er sein!"
Das hört' er, spottend flog er fort,
Tief in den Wald hinein.

Ich ging ihm nach und suchte ihn
Mit vieler Müh und Hast,
Fand endlich ihn im Tannengrün
Auf einem hohen Ast.
„Kuckuck, hast nicht das Glück geseh'n?-
Zeig mir's für guten Lohn!"
„Kuckuck!" rief er und ließ mich stehn,
„Kuckuck!" er flog davon.

Da könnt' ich laufen lebenslang
Und suchen ohne Ruh!
Ich saß ins Moos und klagte lang:
„Schelmischer Vogel du!"
Da plötzlich flog er wieder her
Auf seinen Tannenbaum
Und sprach zu mir, - ich weiß nicht mehr,
War's Wahrheit oder Traum:

„Kuckuck! – Horch einmal, liebes Kind,
Und laß belehren dich,
Warum die Menschen kluggesinnt
Glücksvogel heißen mich:
Sie hingen mir mit Unrecht nicht
Den feinen Namen an,
Weil mich", - im Fliehen schon er's spricht,
„Niemand erhaschen kann."

## *‚s Vögerl*

Drob'n im Gipferl
Auf'm Asterl
Sitzt a Vögerl
Als wia g'mal'n;
Putzt sei' Flügerl,
Wetzt sei' Schnaberl,
Singt a Liaderl,
Hat mir g'fall'n!

A Händdruck im Vorbeigeh' nur
Und geht's aa mentrisch schnell,
Verrat' oan, der si' drauf versteht,
Oft ganz a warme Seel'.

Bist recht im Lustisei',
Leg dir an Radschuahr'ei,
Daß dir nöt gar am End
‚s Glücksroß durchbrennt.

Tuat dir oft's Herz recht weh,
Kopf in d'Höh, Kopf in d'Höh,
Weil ja dös Schau'n vertrutzt,
Aa nixi nutzt.

## *Wie sich der Peterl den Himmel denkt*

Gott der Vater sitzt am Tisch
In der großen Himmelsstuben,
Uns're liebe Frau dabei
Mit den kleinen Jesusbuben.

Und der Heilig Geist, der thront
Flittergolden an der Decken,
Einen roten Schnabel hat er,
Weiße Flügel tut er strecken.

Heilige und Engel steh'n
Singen schön und musizieren,
Trommeln, Pfeifen hört man stets
Und ein großes Jubilieren.

Und der Heil'ge Josef muß
Späne schnitzen, Holz klein hacken;
Mutter Anna tut am Herd
Aus dem Schmalz die Küchlein backen.

Alles spießt da ohne Scheu
Krapfen aus der großen Schüssel
Und der Heil'ge Petrus steht
Vor der Tür mit seinem Schlüssel.

Wenn eins anklopft, macht er auf,
Ist ein wichtiges Ereignis,
Steckt die Brillen an und liest
Tauf- und Schul- und Sterbezeugnis.

Pfeift dem Engel Gabriel,
Der schon tat die Ohren spitzen,-
Wer recht brav gewesen, darf
Auf die Ofenbank sich sitzen.

## *Wie die Weibi auf die Welt kam*

Dös woaß wohl nöt a jeder:
Im Himmö gibt's a Stub'n,
Da lieg'n die Wicklkinder
Grad packlweis herum.
Sie wern von weither g'liefert,
Im Mond is, hoaßt's, d'Fabrik.
Der Petrus führt die Rechnung
Woaß nöt, wia teuer, 's Stück.

Der Storch kimmt alle Tag fast,-
Der Petrus spirrt eahm auf,-
Er derf sich's selber ausklaub'n
Und kriagt no oft oas drauf.
Dös oa nimmt er in Schnabl,
Dös ander auf'n Kopf,
Dös dritt kimmt auf'n Buckl,
Dös vierte gar in' Kropf.

Iatzt aber san die Eltern
Auf Erd'n oft wia d' Narrn,
Er kann eah nöt gnua bringa
Derfts schier waggonweis fahrn.
Es wern glei' nach die Dutzend
Wia d'Hemadknöpf ang'friemt
Natürli wird oft d'Stub'n laar
Bis wieder a Lief'rung kimmt.

Um so a Zeit is g'wes'n,
Wann ich mei' Sinn nöt irrt,
Da is mit dir, liabs Marerl,
Die b'sunder G'schicht passiert.
Der Storch hat g'sagt zum Petrus:
„Im Hellmannsbergerhaus,
Da möch'ns gern a Mäderl,
Sie lass'n nimmer aus!"

„Ja Schneckn“, schreit der Petrus,
„Wanns grad ums Nehma waar,
Die müass’n scho no wart’n,
Denn schau, der Lad’n is laar!“
„Das nutzt nix“, schimpft der Storch drauf,
Eahm war um d’Kundschaft bang,
„I muaß a Mäderl bringa,
Sie wart’n eh scho lang.

A Kinderl her, a saubers,
A Dirndl muaß I kriag’n,
Sunst kimm i dir um koas mehr
Und kannst dir’s selb’n aufziahgn.“
Der Petrus wird ganz datzi,
Er fahrt sich durch’n Schopf.
Auf oamal aber kimmt eahm
A netter Witz in Kopf.

A Pfeiferl ziagt er außa
Und pfeift, - es is nix g’log’n-
Da kimmt a Haufa Engerl
Beim Fenster einag’flog’n.
Sie pfludern um an Petrus
Als wiar a Schübl Taub’n
„’s sand koane brav’n Engerl“,
Schmuzt der, „dös muaßt nöt glaub’n.

Sie hab’n beim „Heilig“ singa
Sich oft recht schlimm aufg’führt,
Drum han is, wias der Brauch is,
Fürn Himmö außig’spirrt.
Und draußt treibns aa no Unfug,
Sie kraxln auf die Stern
Und reit’n auf die Wolken
Als wia die groß’n Herrn.

Vagiern toans wia d'Kunnt'n
Es geht eah nirgends z'weit.
Vom Mo'schei' guckens awi
Und spucken auf dö Leut.
Doch hab'ns no manches Guate.-
Sie wachs'n sich erst aus.
Wie wärs, wans dir oans nehmatst
Fürs Hellmannsbergerhaus?"

„Ja", sagt der Storch, „da hoaßt scho,
Friß Vogel oder stirb.
I wills nöt gern, daß i mir
A Kundschaft ganz verdirb,"
Und packt glei's nächste Engerl
Und fliagt mit eahm getal,
Der Petrus schaut eahm nachi,
Als wär eahm pudelwohl.

Auf oamal hat er aufglacht
Und übern Vollbart g'wischt.
Der Langfuaß hat beim Teixl,
Grad's allerärgst' derwischt.
„Na, die wern nöt schlecht gucka
Am Dirndl, das da hab'n,
Wie wohl es war an Engerl
Und wachst si wieder z'samm."

A so is g'wes'n, Marerl
Is koa Gedicht, auf Ehr,
Der Vater wird dir b'stät'n,
Und d'Mutter no' viel mehr.
Und die dir das verzählt hat,
Die hat di herzlich gern
Und wünscht, du möchst recht glückli
Auf dera Welt da wern.

## *Vorfrühling*

Da draußen rauscht der Regen,
Der Wind braust überm Land;
Doch leise webt den Segen
Des neuen Lenzes Hand.

Sie lockt aus Strauch und Bäumen
Der Knospen grünen Schein,
Sie schmückt mit lichten Säumen
Der Wälder düstre Reih'n.

Sie webt schon an dem Kleide
Der stillen Erdenbraut,
Die bald zu aller Freude
Dem Frühling wird getraut.

Mag jetzt der Sturm nur tosen,
Er knickt die Hoffnung nicht.
Bald winken uns die Rosen
Und blüh'n Vergißmeinnicht.

Durch der Heimat Täler schweifend,
Froh und frei und ohne Ziel,
Manches schlichte Blümlein greifend,
Halbentfaltet, nur zum Spiel,
Ahnt' ich nicht, daß bald verheeren
Würde meine Flur der Sturm
Und an jeder Knospe zehren
Künftig der Verbitt'rung Wurm.

Böse Zeiten, schlechte Schule
Für ein allzu weich Gemüt!
Bald im Saale, bald im Pfuhle
Starb dahin, was ihm entblüht.
Arm verblieb ich ohnegleichen,
Nie beglückend, nie beglückt;
Kann dir drum nur Blumen reichen,
Die als Kind ich einst gepflückt.

## *Lied vom Blümlein*

Ein Blümlein war im Welken
Und wollt' nicht sterben noch;
Da rief's zum Himmelvater:
„Ach hilf, ach hilf mir doch!“

Das Blümlein durft' nicht sterben,
Denn Gott gedachte sein.
Er gab ihm frischen Regen
Und milden Sonnenschein.

Da hob es freudig wieder
Sein Köpfchen aus dem Grün
Und sprach: „Wie wär' es traurig,
So jung schon zu verblüh'n.“

Zur Nachtzeit kam von Norden
Ein ungestümer Wind,
Der brach mit kaltem Hohne
Das zarte Frühlingskind.

„Was ließ mich Gott nicht welken?“
Klagt's nun dem Morgenrot.
„Sanft wär' ich eingeschlummert;-
Nun leid' ich härt'ren Tod.“

Schöne Sonne, frühlingswarme,
Schlingt, wie hemmend ihren Lauf,
Um die Welt die goldnen Arme,
Und der Himmel leuchtet auf.

Und im Herzen klingen Lieder,
Diesmal ist's kein frommer Trug.
Heißer Dank entfesselt wieder,
Was der Gram in Ketten schlug.

Nimm denn jetzt die welke Spende,
Neue Blüten steh'n im Glanz,
Und es winden meine Hände
Bald dir einen vollern Kranz.

## *Sommer*

Wie ist so heiß des Sommers-Hauch!
Vertrocknet ruht der Bach,
Und über ihm der Elfenstrauch
Hängt welk und altersschwach.

Der Wald gibt keine Kühlung mehr,
Er brütet Schwüle nur,
Selbst vom bewölkten Westen her
Weht keines Lüftchens Spur.

Des Schweißes klare Perle blinkt
An Schnitters brauner Wang',
Der lechzend in den Schatten sinkt,
Dort an dem Bergeshang.

Ermüdet von des Äthers Blau'n
Fällt ihm das Auge zu;
Er träumt von schöner'n, milder'n Au'n
Und ewig süßer Ruh.

Der liebe Herrgott aber blickt
Vom Himmel her und lacht.
„Hab manchen heißen Tag geschickt,
Der reife Frucht gemacht.

Noch aber seh ich Strauch und Baum,
Des Frühlings junges Blühn,
Der Triebezeit entwachsen kaum.
Was reifen will, muß glühn."

Doch dauert ihn das Erdenkind,
Das sonnenmüde sehr.
Er sendet einen frischen Wind
Und dunkle Wolken her.

Der Regen strömt vom Himmelsplan,
es trinkt die durst'ge Flur.
Aufatmet wie der Schnittersmann
Die ganze Allnatur.

## *Am Bach*

Die klare, braune Waldflut,
Wie glitzert sie so helle,
Wenn Sonnenstrahlen tanzen
Auf ihrer leisen Welle!

Die Erlenbäume tauchen
Hinab mit grünen Zweigen
Und die Forellen stören
Den flotten Mückenreigen.

So schwül ist's, auch im Schatten,
Der Schlummer lähmt die Glieder.
Vom hohen Blau ein Vogel
Senkt sonnemüd sich nieder.

## *Pilze*

Bunte Pilze sind die Kindchen,
Die dem Mutterschoß der Waldung
In den feuchten Sommernächten
Gleich zu hunderten entsprießen.

Und sie gucken zwerghaft niedlich
Unter breiten Faltenhütchen,
Ducken sich ins Moosgewoge,
Bange vor der kleinsten Schnecke.

Schnecken kommen viel gezogen.
Hei, wie freu'n sie sich der Beute!
Fressen, daß die Bäuche schwellen
Von des Pilzlings rundem Rücken.

Halt, da greifen weiche Tatzen
Fünfgefingert nach den Pilzen,
Ziehen sie vom Mutterbusen,
Stecken sie ins runde Körbchen.

Und da schauen sie einander
Rund verwundert und verängstigt
An und flüstern: Ach was wird nun -
Wird nun wohl mit uns geschehen?

## *Idylle aus dem Ohetal*

Schießt der Bach übern Stein,
Blinkt die Sonne hinein,
Wäscht die Staude ihr Grün,
Läßt sich schauernd besprühn.
Und Vergißmeinnicht schau'n
Mit den Äuglein, den blau'n,
Stillversonnen empor
Zu den himmlischen Au'n.

Aus dem Wald kommt der Wind,
Und er fängt sich geschwind
Den erbebenden Busch,
Draus ein Vöglein, husch,
Flattert über den Bach,
Und ein andres ihm nach,
Und zwei Falter umtaumeln
Die tosende Ach.

Von der Höhe dort kommt,
Den zu sehn keiner frommt,
Weil zu schön er, - ein Knab,
Wie Titania ihn gab
Wohl dem Elfengemahl,
Als, von Eifersuchtsqual
Wild durchtobt, er drum bat,
Im athenischen Tal.

Kommt der Knabe und singt,-
Die Harmonika klingt,
Und im Walde erschrickt
Eine Hirtin; sie pflückt
Von den Beeren nicht mehr,
Ob sie prangen auch schwer.-
Aber „Hüt dich, Kind!“ rauschen
Die Tannen umher.

Überm wankenden Steg
Sucht ein Weiblein den Weg.-
„Alte, hüt' dich!“ – Sie greint:
„Dummes Wort. Hol's der Feind!
Ist kein' Pfifferling wert!
Hätt' ich nie drauf gehört,
Wär mir wohl kein so einsames
Alter beschert!“-

„Ei so hüt' dich!“ erfund
Wohl in grämlicher Stund
Der verknorpelte Neid
Und die Gallsüchtigkeit.
Doch der sonnige Tag
Und der blühende Hag
Und zwei Glückliche rufen:
„Ei hüt' sich, wer mag!“

## *Wilde Balsaminen*

Wilde Balsaminen blühen
Tief im Wald an kühlen Ort;
Wenn, berührt, die Früchte sprühen,
Haucht der West den Samen fort.

Herz, du gleichst den Balsaminen:
Erst wenn Leid dich rauh berührt,
Regen Lieder tief sich drinnen,
Die, befreit, der Wind entführt.

## *In der Hermannsau*

Kennt ihr das stille Plätzchen
Dort in der Hermannsau,
Wo Wildholunder blühet
Und Blumen rot und blau?

Und wißt ihr dort die Fichte,
Den alten Riesenbaum?
Es kostet ihr Gezweige
Den Busch am Waldessaum.

Und zwischen beiden hebt sich
Ein Hügel moosbekränzt,
Darauf der Tau des Morgens
Wie Demant hell erglänzt.

Ein Täflein spricht am Stamme:
„Hier ist des Wildrers Grab.
Gebt ihm ein Vaterunser,-
Er war ein junger Knab."

Zunacht rauscht's durch die Fichte
Wie sanfter Geistersang.
Versöhnend klingt's vom Hügel
Die Hermannsau entlang.

## *Die wilde Rose*

Den Strauch, mit wilden Rosen behangen,
Mit welcher Freude saht ihr ihn prangen!
Gar weithin duftete er und glühte –
Eine einzige, große Wunderblüte,
Mitten im tiefen Waldgehege.-
Da pflanzten Freunde ihn hin am Wege,
Auf daß ein jeder Wandrer im Maien
Sich könnte an seiner Schönheit freuen.
Ein jeder Wandrer nahm eine Rose;
Der Bubenhaufe, der zügellose,
Raufte Blätter und Knospen zusammen,
Bis keine neu'n mehr zum Vorschein kamen.
Nun wundern die Leute sich allerorten,
Der Rosenstrauch wäre zum Dornbusch worden.

## *Herbst*

Im Herbstwind rauscht der Wald, die Zweige beben
Vor seinem Hauch, der frisch von Norden zieht.
Die Vöglein all die Stimmen sanft erheben
Zum letztenmal, zum trüben Abschiedslied.

Vom Baume fällt das bunte Laub und flüstert
Vom Sterben und von unbarmherz'ger Zeit.
Auf Busch und Moos der Abendschatten düstert
Und übern Hang macht sich der Nebel breit.

Zu Tal in raschem Laufe eilt die Quelle.
Ja eile nur, bald hemmt der kalte Frost
Dich Felsenkind; zu Eis erstarrt die Welle
Und stille wird's, wo sonst du froh getost.

Geh heim, du müder Pilger dort am Raine,
Eh's Winter wird. Zieht dich die Sehnsucht nicht
An warme Herzen? – Oder weißt du keine
Die auf dich warten in des Herbstes Licht?

## *Die Herbstzeitlose*

Einst brachte unser'n Planeten
die Eiszeit in große Not,
Es ging alles Leben flöten,
Jahrtausende lang blieb's tot.

Dann sandte der Herr den Frühling
Erbarmungsvoll hinab,
Er sollte das Leben wecken
Aus tausendjährigem Grab.

Der schlug mit Himmelskräften
Die Gletscher auf das Haupt
Und machte grün die Gebirge
Und alles neu belaubt.

Er schlug mit dem Stab die Erde
Und hieß die Blumen erstehn,
Die vor der Eiszeit waren,
Dieweilen er zählte zehn.

Da kamen sie aufgeschossen
Viel Hunderte an der Zahl
Und wuchsen zu Millionen
In Au und Wald und Tal.

Und nochmals schlug er die Erde
Und mahnend war sein Ruf:
„Es fehlt noch eine von allen,
Die Gott, der Herr, erschuf!"

Da kam ein verdrießlich Murren
Aus tiefem Wiesengrund
Und dann ein spöttisches Lachen
Von elfenzartem Mund:

„Ich folge dir nicht, Herr Frühling,
Zu lange harrt' ich auf dich,
Die ganze schreckliche Eiszeit,
Jetzt warte du auf mich!"

Wohl schwang der Frühling sich klagend
Zu Gottes Thron empor,
Wohl schalt auch dieser die Blume,
Doch blieb sie taub wie zuvor.

Sie schloß in die dunkle Kammer
Der Erde sich trotzig ein,
Obwohl ihr Herzchen verlangte
Nach Licht und Sonnenschein.

Doch endlich nach Monden,-
Sie hielt es nicht länger aus,-
Streckte sie neubegierig
Ihr kleines Köpfchen heraus.

„Was wohl der Frühling machet,
Und ob er noch schaut nach mir?-"
Da war er über die Berge
Mit aller Blumenzier.

Die Welt war kalt und neblig,
Es wehte ein rauher Wind,
Der sang gar traurige Lieder
Dem frierenden Elfenkind.

Von Frühlings zärtlicher Liebe,
Von Frühlings Sehnsucht und Leid,
Und von der Liebe Ende
Und der Blume Verächtlichkeit.

Er sang von dem zornigen Schwure,
Den jener Hehre getan:
„Nie mehr will ich sie sehen!
Sie blühe im Herbst fortan."

Da weinte sie bittre Tränen,
Ach Tränen ohne Trost,
Eisperlen auf die Wiese
Und starb in Schnee und Frost.

Wer kennt nicht die zarte Jungfer
Im Lilatrauergewand,
Die seitdem frierend blühet
Auf herbstlich verödetem Land?-

## *Der Dreisesselsee*

Kennst du den Bergsee, dunkelgrün?
Die Tannen ragen trauernd
Auf Felsen schroff, wie schirmend ihn
Mit harter Wand ummauernd.

Der Wind streicht kühler, leiser dort,
Die Sonne blendet minder.
Es scheint geschaffen dieser Ort
Für müde Menschenkinder.

Für Herzen, die, von Schmerz gequält,
An tiefer Wunde kranken
Und leben möchten, fern der Welt,
Den trüben Nachtgedanken.

Für Seelen, die, des Leibes los,
Noch nicht zur Ruhe kamen
Und nun auf feuchtbetautem Moos
Hinirren, - bleiche Flammen.

Ein alter Jäger weiß die Mär,
Daß um die Mitternachtsstunde
Sich Stimmen heben, dumpf und hehr,
Aus finstrem Wellengrunde.

Und wer heraus ein Fischlein fängt,
Der hört die Stimmen schallen,
Dieweil es ihn zur Tiefe drängt,-
Er ist dem Tod verfallen.

## *Ade, ade*

Mit der Nachtigall Sang mischt sich der Stimme Ton
Zum Abschied meines Glückes, das schnell mir entflohn.
Es ringt sich der Hall durch den Wald dahin zum See;
Es klingt mit leisem Beben: „Mein Glück, ade!“

Im Gezweige da rauscht die Abendluft so mild,
Und über hohen Wipfeln erscheint des Mondes Bild.
Er wirft seinen Strahl in die Wellen in dem See,
Die murmeln langsam ziehend: „Ade, ade.“

Es traf des Jägers Blei ein Rehlein bis zum Tod,
Und in die dunklen Büsche entfloh’s in seiner Not.
Dort stürzt es zitternd hin, sein Auge bricht vor Weh,
Es spricht in stummer Sprache: „Ade,ade.“

Die Nachtigall schweigt, ins Herz zieht Ruhe ein.
Es hat sich ausgeweinet, bekämpft der Sehnsucht Pein.
Im leisen Nachthauch bebt ein Seufzer noch zum See.-
Es tönt wie Geisterflüstern: „Ade, ade.“

## *Die Tanne*

Ein Tännlein im Walde, dem finsteren dort,
Das wollt sich der Schwestern nicht freu'n.
Es klagte: „O trüge das Schicksal mich fort
An den einsamsten Ort!
Wie lebt' es so frei sich allein.“

Die eilende Wolke rief mahnend ihm zu:
„Was wünschest du, törichtes Kind!
Allein nur ein Spielzeug der Stürme bist du,
Und hier lebst du in Ruh,
Umkost vom Gespielen, dem Wind.“

Die Tanne doch seufzte zu Tode sich schier.
Der Waldgeist vernahm es mit Hohn.
Er sagte: „Dein Wünschen, erfüllt sei es dir
Und ich trag' dich von hier,
Weit, weit durch die Lüfte davon.“

Bald stand auch die Tanne auf windiger Heid',
Allein und dem Walde so fern.
Stolz hob sie das Haupt und die Äste so breit
Und sie rauschte voll Freud',
Hieß Fürstin der Heide sich gern.

Da kam aus dem Norden ein finstrer Gesell,
Strich über die Heide bei Nacht;
Er schaute die Tanne und jauchzte so hell,
Er umfaßte sie schnell
Und war sie zu freien bedacht.

„Lang liebt' ich dich, Kind, mit der schlanken Gestalt;
Ich bin aus hochfürstlichem Blut;
Nichts nutzte mir dies noch die rohe Gewalt
Als du standest im Wald,
Mir waren die Schwestern nicht gut.

Nun hab ich die Bräutchen, lieb Bräutchen sei mein.
Komm, neige dich liebend zu mir!"
Die Tanne, sie nannte den Freier nicht fein,
Und sie jammerte „Nein"
Und bat ihn zu lassen von ihr.

Auflachte im Hohne der Ritter von Nord,
Laut rief seinen Troß er heran.
„Hui, Hussah, zur Hochzeit! Ich halte mein Wort,
Komm Bräutchen mit fort
Zum Tanze auf nächtlichem Plan!"

Vergebens ihr Sträuben, ihr Jammern so laut,
Sie ward von dem Wilden gefreit.
Geheul und Gepfeife umraste die Braut,
Und das Morgenrot schaut
Entwurzelt die Tann' auf der Heid.

## *Mein Schicksal*

Ich war ein blühender, junger Baum,
Die Vögel sangen in meinen Zweigen.
Im Waldwind wuchs ich, ich sah im Traum,
Mich schon zu den weißen Wolken steigen.

Die weißen Wolken, sie wurden grau,
Wie unheilschnaubende Himmelspferde.
Es lenkte die schwarze Schicksalsfrau
Die wilde, vom Sturm gepeitschte Herde.

Es schlug der Blitz in mein junges Haupt,
Und furchtbar prasselten Schlossen nieder,
Gebeugt, gebrochen, zerspellt, entlaubt,
So sah mich der nächste Frühling wieder.

Ein toter Stumpf und nichts andres mehr,
So träum ich düstere Todesträume
Am grünen Hange, von Blumen schwer,
Da blühen und rauschen junge Bäume.

## *Winter*

Der Sommer zog von hinnen,
Der Blumenflor verschwand.
Schon tragen Spinnerinnen
Die Räder über Land.
Da flackern Kienspanlichter
Mit rötlichgelbem Schein
Um fröhliche Gesichter
In Stub und Kämmerlein.

Dem allen bleib ich ferne.
Still sitze ich zu Haus,
Und wär' ich fröhlich gerne,
Lausch' ich des Sturms Gebraus.
Der rüttelt an den Scheiben
Der Fenster froh und wild
Und lässt dort Blätter treiben
Manch eis'gem Blumenbild.

## *Der böhmische Wind*

Der böhmische Wind weht die Täler voll Schnee,
Legt eisige Fesseln um Bäche und See,
Bricht Tannen im Walde und Föhren am Saum
Und heulet die Erde in Schlummer und Traum.

Doch schadet den fröhlichen Wäldlern er nicht,
Macht frischer ihr Blut nur und rot ihr Gesicht,
Facht heller das Feuer im Auge voll Mut,
Hält rein auch die Herzen, treu, selbstlos und gut.

Drum immer willkommen, sei's Greis oder Kind,
Was frei ist ersprossen im böhmischen Wind,
Auf bayrischer Scholle in waldiger Nacht,
Wo Menschen noch bleiben, wie Gott sie gemacht.

## *Trübe Stimmung*

Dunkler wird's im Waldesschatten,
Stiller wird der Vöglein Sang;
Die sich müd gejubelt hatten,
Schlummern jetzt im Blattbehang.

Von den Dörfern draußen dringen
Leise Abendklänge her,
Doch die sanften Töne bringen
Mir den Frieden nimmermehr.

Hätt' ich längst den Wald erkoren,
Wo er ruhig, milde wohnt,-
Hätt' ich drauß' ihn nicht verloren,
Da die Welt mit Schmerz nur lohnt.

Mit dem Echo Klagen tauschen
Will ich, das mich treu versteht;
Mit der Bäume leisem Rauschen
Eine sich mein Reugebet.

Endet einst mein trübes Leben,
Mög's im Waldbereich geschehn!
Wo die Tannen stolz sich heben,
Soll mein moos'ger Hügel stehn.

Lauschen wird dann meine Seele
Noch dem Lied der Vögelein.
Fichte, Tanne, Bach und Quelle
Rauschen mir ins Grab hinein.

## *Mein Wald, mein Leben*

Ich sah den Wald im Sonnenglanz,
Vom Abendrot beleuchtet,
Belebt von düstrer Nebel Tanz,
Vom Morgentau befeuchtet:
Stets blieb er ernst, stets blieb er schön,
Und stets mußt' ich ihn lieben.
Die Freud' an ihm bleibt mir besteh'n,
Die andern all zerstieben.

Ich sah den Wald im Sturmgebraus,
Vom Winter tief umnachtet,
Die Tannen sein in wirrem Graus,
Vom Nord dahingeschlachtet;
Und lieben mußt' ich ihn noch mehr,
Ihn meiden könnt' ich nimmer.
Schön ist er, düsterschön und hehr,
Und Heimat bleibt er immer.

Ich sah mit hellen Augen ihn,
Und auch mit tränenvollen;
Bald hob er meinen frohen Sinn,
Bald sänftigt' er mein Grollen.
In Sommersglut, in Winterfrost,-
Konnt' er mir mehr nicht geben,-
So gab er meinem Herzen Trost;
Und drum: Mein Wald, mein Leben!

Ich habe zum Preise der Heimat oft
Stillinnige Lieder gesungen,
Die Heimat versagte, was ich erhofft,
Die Lieder sind traurig verklungen.
Fort muß ich nun übers weite Meer,
Du traulicher Wald, ich seh dich nicht mehr,
Doch deine Menschen, sie singen und sagen
Vielleicht noch von mir in den fernsten Tagen.

Was nützt mir der fernen Tage Glanz,
Was nützt die Liebe dem Toten?
Viel lieber wär mir ein Blütenkranz
Vom nächsten Bettler geboten.
Viel süßer wär mir ein Grüßen und
Ein herzliches Wort aus Freundesmund
Und aus Liebesaugen ein treuer Segen
Als alles, was sie aufs Grab mir legen.

Geh hin, was ich doch nie haben soll,
Lebt wohl, ihr geliebten Leute.
Ich scheide vom Walde ohne Groll,
Nur Wehmut ist mein Geleite.
Dir mit dem bangen, sinnenden Blick,
Dir laß ich ein stummes Leid zurück.
Dich Knab'wird's lang noch betrüben und kränken,
Und ewig wirst du meiner gedenken.

## *Sterbelied eines Wäldlermägdleins*

Und muß ich dich verlassen,
So lebe wohl, mein Wald.
Die rauen Stürme nahen,
Und Winter wird es bald.

O traurig ist das Scheiden,
Gilt es für immer gar!
O traurig ist das Sterben,
Wenn kurz das Leben war.

Die Nacht bricht an, es dunkelt,
Der Wald rauscht immerzu,
Ein Stern hoch oben funkelt,
Winkt mir zur ew'gen Ruh.

Am Sonntag bin ich bei Glockenklang
Den Berg hinaufgestiegen,
Da sah ich das ganze Waldlerland
Im Sonnenglanz vor mir liegen.

Ich sah das Haus meiner Kindheit, sah
Das Haus meines Glücks daneben;
Ich sah auch meines Glückes Grab,
Von blühenden Feldern umgeben.

Was ich da weinte und was ich sann
Vom Leben, Leiden und Lieben,
Das hat der ewige Herrgott wohl
Ins Goldene Buch geschrieben.

## *Herbststimmung*

Durch die Blätter rauscht der Wind,
Und im Busche flüstert's lind:
Geh zur Ruhe, Seele mein.
Friedlich soll das Ende sein,
Wie die Blume welkt.

Heimweh in der Heimat, -ach!
Welchem Träume weinst du nach,
Müdes Aug'? – Schließ' dich zur Ruh,
Denn vergebens weinest du
Um verlor'nes Glück.

Rosen haben längst verblüht,
Kalt der Wind von Norden zieht.
Heimwärts flog der Vögel Heer,
Und das Herz schlägt bang und schwer.-
Herz, wie lange noch?

## *Die Seele in der Heimat*

Wolken, schwarz und schwergeballt,
Hangen überm Heimatwald,
Und die öden Fluren trauern,
Durch den Wald geht ein Erschauern.

Stille Dörfer, weitverstreut,
Träumen von vergang'ner Zeit,
Und die Mühlen ruf'n und sinnen,
Nur die braunen Wasser rinnen.

Meine arme Seele zieht
Durch das Land und summt ein Lied
Von den süßen, fernen Tagen,
Wo das Leben sie getragen.

Wo noch goldne Sonne lag
Auf dem blumenreichen Hag,
Wo von Höhen und aus Tiefen
Tausend Freudenstimmen riefen.

„Land der Kindheit, Jugendland!
Erster Liebe Fortbestand!
Land des Himmels voller Geigen,
Grab des besten, was mein eigen!"

Arme Seele weint und stöhnt,
Und sie scheidet unversöhnt.
Übers Meer zieht sie mit Klagen
Dort, wo Wolkenkratzer ragen.

Tränen fließen ungezählt
In der Heimat, neugewählt,
Niemand sieht sie, denn sie rinnen,
Doppelt brennend, nur nach innen.

## *Die Hänge der Heimat*

Ihr sonnigen Hänge der Heimat,
Dem Herzen so teuer und wert,
Ich seh euch in Träumen oft schimmern
Von Jugend und Liebe verklärt.
Es glühen und leuchten die Blumen
In goldgelb, in rot, weiß und blau
Von den sonnigen Hängen der Heimat
Bis nieder zur frischgrünen Au.

Der Wind von den hallenden Wäldern,
Wie liebt er dies freie Gebiet!
Er tummelt sich froh mit den Blumen,
Nimmt Düfte und Küsse dann mit.
Der Wildbach stürmt brausend zum Tale
Und zieht dort sein silbernes Band,
Die sonnigen Hänge der Heimat
Seh'n weit ihn noch leuchten im Land.

Und oben in glasigen Lüften
Erklinget der Vögel Choral,
Das tönet wie Hochzeitsgejubel
In Freyas hell schimmerndem Saal.
Des Himmels tiefsüßes Geheimnis,
Wie ist es der Erde so nah,
Auf den sonnigen Hängen der Heimat,
Die oft ich umarmen ihn sah.

Übers Meer in die Fremde getrieben,
Vom Lande der Jugend so weit,
Und ich fürchte, für immer geschieden,
Gedenk ich voll Trauer der Zeit:
Wo noch Liebe und Hoffnung mir lachten,
Wo das Jahr wie ein Tag mir entschwand,
Auf den sonnigen Hängen der Heimat,
Im wonnigen bayrischen Land.

## *An ein Vöglein*

Zu früh kamst in die Heimat,
O Vögelein du her,
Wärst lieber noch geblieben
Weit überm fernen Meer.

Dort glänzte jetzt die Sonne
Mit ihrem wärmsten Strahl,
Hier aber starrt der Winter,
Und öd sind Berg und Tal.

Dort grünten alle Bäume,
Im Südhauch rauschten sie,
Und fremde Brüder sangen
Manch süße Melodie.

Hier kreischt im Wind die Buche,
Und trauernd steht der Tann,
Der Rabe bietet krächzend
Dir ein „Willkommen“ an.

Sag, Vöglein, warum flohst du
Des Südens sonnig Glühn,
Um hier mit Schmerz zu harren
Auf neues Grün und Blühn?-

„Das magst du noch mich fragen
Und weißt, was Heimat ist?-
Ein Paradies, das selber
Das Vöglein nie vergißt.

Gern miss' ich fremde Himmel
Für meiner Heimat Höh'n,
Für ihre Wälder, Täler,
In Armut wunderschön,“

## *Heimkehr*

Trüb ging ich von dem Walde fort,
Und fröhlich kehrt' ich heim,
Doch hallt' in mir vom fernen Ort
Noch süßen Liedes Reim,
Noch eine neue Weise,
Wie Ruf vom längst ersehnten Glück,
So traulich und so leise:
„O kehr' zurück, o kehr' zurück!"

Im Walde wuchs ich still heran,
Vom Leben wußt ich kaum.
Nun hat die Welt sich aufgetan,
Ein farbenreicher Traum.
Ich wollte weilen, bleiben,
Doch fernher klang's wie Mahnung mir:
„ Der Baum kann Frucht nur treiben
In Heimaterd', im Walde hier."

Wie Engelslied Sirenensang
Betäuben mag mit Macht,
So hat des Heimrufs milder Klang
Mich zu mir selbst gebracht.
Die Wälder hört' ich rauschen:
„Dort siehst, hier atmest du das Glück."
Das war ein freudig Tauschen.
Ich kam zurück, ich kam zurück!

## *Fort oder nicht?*

Durch Wälder und Täler der Wintersturm braust,
In Höhlen und Schluchten der Wehrmuthbach saust,
Um Weiler und Dörfer erhebt sich der Schnee,
Und traurig ist's worden, so weit ich nur seh.

O traurig ist's worden auf herrlichen Höh'n!
Einst kosten dort Lüftlein, jetzt wütet der Föhn.
O traurig die Heimat, o trüb meine Brust!
Wohin ich auch blicke, - entschwundene Lust.

Da kommt eine Post aus der Ferne daher.
Es rufet das Glück mich, - was will ich noch mehr?
Hinaus in die Welt, wo so golden es winkt;
Nur fort von dem Wald, der ins Dunkle versinkt!

O fort von dem Walde, du törichtes Kind!
Erschreckt der Schnee dich? Vertreibt dich der Wind?
Macht bang dir das Tal, in dem glücklich du warst?
Die rauchige Hütte, die alternd zerbarst?

O fort von dem Walde, und weißt, was du willst?
Der frevelnste Wunsch, den mit Elend du stillst.
Dem Boden der Heimat entreißt du dich kühn,
Gehärtete Blum', magst im Treibhaus verblühn.

Wie wirst du dich sehnen in dunstiger Gruft
Nach brausenden Bächen, nach schneidender Luft!
Wie wirst du verwelken, verderben so bald,
Du Blume im Moor, die entsprossen dem Wald.

## *Kurzsichtigkeit*[x]

Ist das nicht der Tannwald drüben, dunkel, doch mit blauem Haupte,
Sanft verklärt, den in der Heimat ich, froh pfeifend, oft durchschritten?
„Nein, es sind der Schlächterfirma schwärzliche Gebäulichkeiten,
Und der Rauch kam von dem Frachtzug, der soeben hier vorbeifuhr."

Jene Burg dort auf dem Berge, schimmernd hell im Abendglanze
Streitest du so leicht nicht weg mir, denn ich kenne Burgruinen!
„Ach, das ist doch ein Fabrikschlot und der Berg die Eisenwerke,
Deren Leute jetzt am Streik sind, - Levi, Brooks und Compagnie."

Kann ich nimmer meiner Sehnsucht und den kurzen Augen trauen?
Wenigstens schwebt dort ein Lerchlein, lustig trällernd, hoch im Blau'n!
„'s ist ein Äroplan, ‚ne simple, alltägliche Flugmaschine!
Doch im Baume dort, im grünen, zwitschert allerdings ein Spatz."

x) Entstanden in Chikago

## *Blaue Blümlein*

Blaue Blümlein wachsen im Heimattale – Vergißmeinnicht,
Und sah ich sie auch zum letzten Male – Vergißmeinnicht!
Wie könnt ich vergessen wohl im Leben,
Was mir so oft Trost und Freude gegeben – Vergißmeinnicht.

## *Der Fürst und der Bauer*

„Nehmt“, sprach der Fürst, „den Wald für euch,
Baut eure Hütten drein.
Doch Hirsch und Reh im grünen Reich
Und alles Wild ist mein.“

Der trotz’ge Bauer aber drauf:
„O Fürst, bedenke wohl,
Was ist’s, wenn uns der Hirsche Hauf
Vernichtet Korn und Kohl?

Das Feld dem Wild und dieses dir,
Töt’ ich’s, mein Leben auch.
Was bleibt da noch für mich, von mir
Bei solchem Machtgebrauch?

Nimm du den Wald, gib mir Gewehr,
Dann nenne Sklave mich.“
„O Bäuerlein, das nimmermehr!
Als Herren fress’ ich dich.“

## *Der Säumer*

Der Säumer zieht auf dunklem Pfad
Durchs Waldgebirge hin,
Da kommt ihm wie von ungefähr
Sein Mädchen in den Sinn.
„O wäre doch, du gutes Pferd,
Was dich belastet, mein!
Ich kaufte Böhmens Königskron
Und gäb's dem Mägdelein.“

Und wie mit leichtem Jugendmut
Er lenket heimatwärts,
Da singt er manches frohe Lied
Und drückt die Hand aufs Herz.
Ein seidnes Tüchlein birgt er dort,
Gestickt mit rotem Gold.
Es ist ein herrlich Angebind
Fürs Mädchen, fein und hold.

Da fliegt ein Reiter von der Burg.
„Du junger Säumerknab,
Mir Sattel, Pferd und all dein Geld,
Dir kalten Dolch und Grab!“
Der Säumer sinkt, ruft sterbend aus:
„All, was ich hab', ist dein,
Doch unterm Wams ein blutig Tuch
Bring meinem Mägdelein!“

Dem Ritter lässt dies Wort nicht Ruh,
Nachschallt's ihm aus dem Grab,
Er sucht des Säumers arme Maid
Das Waldland auf und ab.
Vergebens fragt er früh und spät
An hoch und niedrer Tür,
Und wie er heimkommt, tritt so bleich
Sein Töchterlein herfür.

„Was irrst du in der weiten Welt,
Läßt mich allein zu Haus?
Was suchest du des Säumers Lieb?
Gib mir das Tuch heraus!
Wie schön schmückt es die Totenbraut,
Das Blut auf seid'nem Schnee!
Ich suche nun den Bräutigam,
Mein Vater, mir. – Ade!"

## *Der letzte Herr von Kaltenstein*

Auf Kaltenstein der Abend sinkt,
Ein Sternlein ob den Zinnen blinkt,
Es wallt der Nebel um den Turm,
Der fest getrotzt schon manchem Sturm;
Der Tannen dunkelgrüner Kreis
Rauscht seine ewig ernste Weis',
Die dringt zur Halle sacht hinein,
Zum letzten Herrn von Kaltenstein.

Und drunten an der Ulmenreih
Lenkt schmal der Gold'ne Steig vorbei.
Es ziehen dort der Wandrer viel,
Sie hasten nach dem Ruheziel.
Da hemmet mancher seinen Lauf
Und blickt zum Schlosse fragend auf;
Kein freundlich Licht doch ladet ein
Zum letzten Herrn von Kaltenstein.

Der Wald ist groß und wild und weit.
Es fragt die Jungfrau nach Geleit.
Erbeut sich den kein Ritter ihr
Durch das gefürchtete Revier?
Den Kaltensteiner nennt ein Wort,
Der einst der Schwachen starker Hort.
Sie klopft und fleht, da tönt es: „Nein!"
In düstrer Hall' auf Kaltenstein.

„Ihr Wandrer all, lasst mich in Ruh!
Zieh, Jungfrau, ohne Führer du.
Mein Schloss ist morsch, mein Arm ist schwach,
Mein Herz vor langen Jahren brach.
Berühmt war mein Geschlecht und groß,
Da ward Verfall sein herbes Los.
Nun stirbt vergessen und allein
Der letzte Herr von Kaltenstein."

## *Freya*

Des goldnen Kleides Schleppe
Ergossen überm Land,
Das Haupt, das lichtumlockte,
Zum Himmel aufgewandt,
Vom Glanz und Duft umschimmert
Die göttliche Gestalt,
So thronst du, holde Freya,
Und segnest Feld und Wald.

Dir rieseln froh die Bäche,
Dir rauscht der alte Hain,
Dir pocht's im Menschenherzen
Und gärt wie junger Wein.
Aus frischen Ackerfurchen
Steigt dir der Opferduft
Und neuen Lebens Odem
Aus tiefer Modergruft.

Du selbst die Mutter Erde,
Du, ewig jung und stark,
Dem Gotteswort „es werde"
Ein Sinnbild voller Mark.
Von Menschengeist ersonnen,
Warst du ihm hehrstes Lob,
Als er zu dir die Hände
Noch gläubig fromm erhob.

Vor dir die Schaumgebor'ne,
Ein saftlos Bild, entweicht,
Die jungfräulich Erkor'ne
Judäas selbst verbleicht.
Der größten Völker Mythe
Schuf ja so Schönes nie
Wie dich, du Wunderblüte
Germanischer Poesie.

## *Stempmühle*

Du kennst die alte Mär von König Frodi
Und seiner Mühle und den Riesenmägden?
Sie mahlten Frieden ihm durch lange Jahre,
Sie dienten ihm mit Lust und vielem Fleiße,
Bis endlich er statt Frieden Gold begehrte,
Habsichtig ihnen jede Rast verwehrte.

Da wurden zornig die gewalt'gen Frauen,
Sie mahlten, daß die Stange ging in Splitter,
Der Mahlstein barst, das Meer verschlang die Mühle
Und König Frodis Glück und junges Leben.
Weit flohen die beleidigten Walküren.

Der du, o Freund, ein neuer, bess'rer Frodi,
Nur Edles willst, die wünsch ich treuen Herzens
Für deine stille, waldumrauschte Mühle
Die Einkehr jener hohen Riesenfrauen,
Daß sie dir Frieden mahlen, ungemessen,
So oft du kommst, zu ruhn und zu vergessen.

## *Der Natternkönig*

Überm Strome ringelt eine Schlange
Silberschimmernd aus dem Feld sich los.
Mit der Krone eitlem Goldgeprange
Spielet sie auf taubetropftem Moos.

Flüstert mit der zwiegespalt'nen Zunge,
Die hervorschießt gleich dem Sonnenstrahl,
Eilet dann mit wohlerwognem Schwunge
Tief hinab zum wilden Wasserfall.

Sieh, da schwimmen holde Frau'ngestalten,
Mit Gesang ihr huldigend und Tanz,
Streben, nur das Fünklein zu erhalten,
Das die Krone sprüht mit Feenglanz.

Doch der Natternkönig lässt sie singen,
Schaut mit klugen Augen nur empor,
Sieht des Krönleins Funkenregen springen
Und verschmelzen ihn am Felsentor.

Manch ein Mensch schon haschte solche Funken,
Doch der Neid der Flussfrau litt es nicht.
Jäh gestürzt, war er im Strom versunken,
Wo die Welle am Gestein sich bricht.

Doch geläng' es eines Menschen Händen,
Zu erringen sich die Wunderkron',
Armut, Not und bleiche Sorge schwänden,
Reicher wär' der Fürst nicht auf dem Thron.

Eine Quelle ew'ger Segensfülle
Birgt das Kleinod, sorgsam stets bewacht,
Birgt die gold'ne siebenzack'ge Hülle,
Wohl geschmiedet in der Erde Nacht.

## *Der Wasservogel*

Des Waldes Rauschen fort und fort
Zu stillen Dörfern drang.
Im Mondenschein von Ort zu Ort
Der Wasservogel sang.

Nicht kam er aus dem stillen Ried,
Nicht flog er Vögeln gleich,
Doch klang der Pfingstnacht hehres Lied
Ihm aus der Kehle weich.

Vielstimmig sang er, laut und leis
Von Himmel, Gott und Welt,
Des Bauern Lob, des Bauern Preis,
Und was dem Weib gefällt.

Er sang von Haus und Welt und Gott,
Er sang von Lieb und Lust.
Der Mädchen Wohl, den Mädchen Spott
Aus frohbewegter Brust.

Da lauschte, was nur Ohr besaß,
Von hohem Schrot und Dach.
Der ält'ste Greis den Schlaf vergaß,
Das jüngste Kind blieb wach.

Und zog er hier und dort davon
Mit hergebrachten Gruß,
Er ging nicht ohne guten Lohn
Und ohne Wasserguß.

Und als der Morgen stieg herauf,
War aus der Lieder Reim;
Da flog, pfingstfreudenvoll, zuhauf
Der Wasservogel heim.

## *Johannisfeuer*

Mutter, wenn Johanni heuer
Geh ich nicht vor unsre Tür'.
Nicht zum Häufen, nicht zum Feuer;-
Bleibe ganz alleine hier.

Denn ich ward im vor'gen Jahre
Bei dem Sprung so arg erschreckt,
Als, versengend mir die Haare,
Glut und Rauch mich zugedeckt.

Aber lustig war's gewesen.
Glaubst du, Mutter, dies nicht auch?-
Buben mit dem Flammenbesen
Jagten uns nach altem Brauch.

Als der König war gefallen
Längshin un die rote Glut,
Sah ich Feuergarben wallen
Um sein Haupt, wie laut'res Blut.

Unter Singen und Juheien
Stellte sich nun alt und jung
Schnell im Kreis, in frohen Reihen,
Rüstend sich zum kühnen Sprung.

Wär' ein Funk' ins Aug' geschossen
Mir hätt' ich doch nicht gesehn,
Hans, von rotem Schein umflossen,
Bei des Nachbars Lene stehn.

Hör', - er zog sie an die Flammen
Und sie setzten drüber hin.
Ach – ich sah sie kaum zusammen,-
Ward mir wirr und wild zu Sinn.

Ihnen nach! Was Rauch, was Funken!
Ihnen nach! Gält's in den Tod!-
Sieh, da bin ich hingesunken,
Rings von Flammen grell und umloht.

O die Flammen! – Mutter kühle!
Wieder züngeln sie umher.
Wie das Herz pocht! – Mutter fühle!-
Weine nicht, - nun schlägt's nicht mehr.

## *Spinnabend*

Die Stub' ist warm, der Span loht auf,
Nun lasst die Räder kreisen!
Der Bube legt die Zither auf
Und singt die alten Weisen.

Singt von der toten Müllermaid,
Vom jungen Königssohne,
Von scheuer Schmuggler Lust und Leid
Und von der Schlangenkrone.

Die Stube wird zum Märchenland,
Das Spinn- und Zauberrädchen,
Dran spinnen sich ein Fee'ngewand
Die traumbefang'nen Mädchen.

Die Zither klingt, das Lied erschallt,
Die Spinnerinnen lauschen
Und um das Haus der Nordsturm hallt,
Im Schnee die Wälder rauschen.

## *Mir hat geträumt*

Fern sah ich, was ich lang ersehnte,
Sah einen Wald mit Rot besäumt,
Der nach der dunklen Au sich dehnte,
Dabei ein Bild, - mir hat geträumt.
Ich sah ein Bild, - mir hat geträumt.

Gott gab an Freuden wie an Schmerzen
Dem einen viel, dem andern mehr.
Gott schuf wohl groß und kleine Herzen,
Und eins, wie keines sonst so schwer;
Das meine, wie sonst keines mehr.

Ein zweites, heißes, wie das meine,
Vergebens such ich's fern und nah;
Doch ob die Welt auch leer mir scheine,
Im Traume hört' ich: Es ist da.
Es träumte mir, daß ich es sah.

Fern sah ich, was ich lang ersehnte,
Sah einen Wald, mit Rot besäumt,
Der nach der dunklen Au sich dehnte,
Dabei ein Bild, - mir hat geträumt.
Ich sah ein Bild, - mir hat geträumt.

## *Zwischen Wachen und Schlafen*

Aus leichtem Traum war ich erwacht,-
Der Mondschein blinkte nieder;
Die Burschen sangen durch die Nacht
Die alten, weichen Lieder.

Der nahe Wald barg rauschend sich
In neblige Gewande –
Und wieder fand ich träumend mich
Im stillen Schlummerlande.

Ich sah einen hohen, schwarzen Wald,
Die Nacht darüber. – Kein Sternlein strahlt.-
Durch wildgerissene Wolken nur
Dämmert des Mondes rote Spur.-

Unheimlich ist's, so verlassen sein,
Kein' Heimat haben, kein Mütterlein,
Weitum im All keine Lieb', kein Brot –
Aus dunklem Gebüsch ragt der Tod.

## *Liebessehnsucht*

(Nach einem Volkslied)

I hab' oft a ganze Nacht
Vor meiner Hütten g'wacht,
I hab' oft überg'schaut,
Weit über'n Roa,
Hab' alle Sternlein 'zählt,
Es hat mir kein's gefehlt,
Als deine Äugelein
Ja ganz alloa.

D' Sunn hat sich vüra 'duckt,
Hat auf mei Hütterl 'guckt,
Sie hat koa Dirndl g'seg'n
An meiner Seit'.
Sie hat sich abgewend't,
Mir hat's im Herz'n brennt.
Es gibt koan Tag für mi
Und keine Freud'.

Sie is so schön, so gut,
Obwohl's mi hassen tut.
O wär' i oamal nur
Der Liebsten gleich.
Gott, spar' den Himmel ihr,
Wenn sie einst kimmt zu dir;
Laß sie ein Englein sein
In deinem Reich.

## *Der Madlhüttler*

Der Summa hat kaum einag'schaut
in unsern stillen Wald,
Aft hat schon über d'Haberhälm'
Der Wind herg'waht so kalt.

Die Wälder waren gelb und rot,
Und über Berg und Au
Hat sich a schwerer Nebel g'legt,
Wie Tücher um an Trauh.

O Schatzlein, fürchtest du den Herbst,
Den kalten Herbst bei mir,
Aft such' dir einen Summa nur,
Ich gönne gern' ihn dir.

Wohl brennt der Summa tief noch drinn,
Wo's Herz so heftig schlagt.
Das ist di Liab, i schweig davon,
Hab's noch koan Mensch'n g'sagt.

Der Freithof is gar groß und leer,
Das woaßt du gut, mein Schatz.
Mei Leib kimmt in a Grüaberl nei,-
Hat auch die Lieb' drinn Platz?-

## *Abschied*

Im Hollerbusch ein Vöglein sang
So wundersüß und rein.
Ich horchte stille, horcht' ihm lang,
Da flog es querfeldein.

Mit andern zog es übers Meer
Dem Sommerlande zu.
Ich dachte mir: Was willst du mehr?
So scheide nun auch du.

Von Lieb und Glück hab' ich geträumt,
Es war ein schöner Traum.
Er währte, bis mit Gold umsäumt
Und rot ward Strauch und Baum.

Ade nun Leben, Liebe, Glück!
Ade, ich geh zur Ruh.
Schon fliegt die Seele, strebt der Blick
Dem Sommerlande zu.

## *Wödaschwüln*

Mi würgt der Wind, mi druckt der Tag-
Hü, meine Öchsl, hü!
Schwül wird's, es kimmt a Wödaschlag.
Hü, meine Öchsl, hü!
Der Acker hat an hirtn Bodn,
Der Mähnt koan Gang, der Pfluag an Schodn –
Hü, meine Öchsl, hü!

Mi würgt der Wind, mi brennt der Tag!
Hott, meine Öchsl, hott!
Und daß mi's Mensch iatzt nimmer mag?-
Hott, meine Öchsl, hott!
Es hat – i moan – sein guatn Grund,
Und wann i'hn net derstich, den Hund,
Den schlechtn, straf mi Gott!

Mei Mensch is schö, drum gfallts eahm guat.
Wüah, meine Öchsl, wüah!
A Messer und fünf Stich gibt Bluat.
Wüah, meine Öchsl, wüah!
Zua bis aufs Heft un ummadraht,
Verfluachter Lump, wia wohl dös taat!
Wüah, meine Öchsl, wüah!

Und bist so schö, du schwarze Dirn,
Zauf, meine Öchsl, zauf!
Und hast so krauste Haar ums Hirn,
Zauf, meine Öchsl, zauf!
Und lachst so süaß und schaust so fei,
Und kannst so falsch und elend sei!
Zauf, meine Öchsl, zauf!

Mi würgt der Wind, mi brennt der Tag!
Aoh, meine Öchsl, aoh!
Muaß's sein, daß i dös ewi trag?
Aoah, meine Öchsln, aoh!
Der Dunner kracht, es blitzt und brennt,
Schlag, Herrgott, ein und mach an End!-
Aoh, meine Öchsl, aoh!

## *Verlassen*

Wann wer auf Gottes weiter Welt
Verlassen is, bin's i',
I' hab koa Hoamat, hab koa Geld,
Mei' Jugad is bald hi'.
Und sollt i' in der Fremd verderb'n,
So laß mi', Herr, bald sterb'n.
Nur möcht' i' no' amal so gern
Dös kloane Liadl singa hör'n,
Es geht zum Herz'n, klingt so trüab,-
Von der Liab, ja von der Liab.

I' denk an wen, der hat mir oft
Die Händ so herzli' druckt
Und wan i' gar verzagt war schon
So treu in d'Aug'n mir 'guckt.
Du junge, schöne Mensch'nblüah,
Mir zwoa, mir kriag'n uns nia.
Doch möchte' i nur oa'mal no' gern
Dös kloane Liadl singa hör'n,
Es geht zum Herz'n, klingt so trüab,-
Von der Liab, ja von der Liab.

## *Peter*

Wenn Peter weint, der junge Friaulaner,
Dann weint der Himmel, weint die ganze Erde.
Die Blumen weinen, senken tief die Köpfchen
Und schluchzen leis: Ach, Peter, Peter weint!

Warum denn weint der frische, schöne Bursche?
Es scheint geformt sein Mund doch nur zum Lachen,
Und sonnig sind die tiefen braunen Augen,
Die Wangen rot, das Herz noch unberührt!

„Ich kenne eine kleine Annemone“,
Sprach jüngst die Rose, die wohl eifersüchtig;
„ Die hat den Peter just am hellen Tage
Mit ihrem Duft ganz toll und voll gemacht.

Seitdem steh’n Tränen stets in seinen Augen,
Die er sich vor dem Spiegel schmachtend fortwischt
Mit einem blütenweißen Taschentüchlein.-
Ach, Peter, unser Peter ist verliebt!“

Jung und wie ein Knösplein unversehrt,
Trat ich einst in diese eure Schenke,
Lieben, heiß zu lieben, habt ihr mich gelehrt,
Schreien möchte ich, wenn daran ich denke.
Denn was ihr erweckt, mögt ihr nicht stillen,
Und was ihr versprochen, nicht erfüllen,
Was heut Ernst euch war, sind morgen Schwänke.

Schaut mein Antlitz, einst so frisch, nun bleich!
Arm und elend bin ich und verlassen,
Nur durch euch, Madonne, nur durch euch!
Traurig schleich ich durch die dunklen Gassen.
Weiß nicht, wo ich nun das Haupt hinlege,
Sterben möcht' ich, sterben da am Wege
Und bis in den Tod euch bitter hassen.

Doch ich kann's nicht, brennend steigt mir auf
Nur der eine Wunsch, bei euch zu weilen;
Immer wieder geht zu euch mein Lauf,
Bis eu'r Wort mich zwingt, hinwegzueilen.
Lockt zum Tor mich nachts des Stroms Gebrause,
Hört der Morgen mich vor eurem Hause
Bitten stammeln, meinen Schmerz zu heilen.

## *Hans*

Hans, was sagte die Mutter zu dir,
Als sie dich so besoffen sah?
Hans, was sagte die Mutter da?
Hans, wie kamst du ihr für?-

Sagte die Mutter: „du volles Schwein,
Warst wohl wieder bei Emerenz,
Die dein Verderben, o Gott, ich kenn's,
Und dein Ende wird sein!“

## *Lajos*

Unter meinen Gästen allen haben heute
Ungarburschen mir gefallen, stramme Leute!
Ungarsonne in den Adern und im Blick
Und zum Scherzen wie zum Hadern eig'nen Chic.

Einer drunter, hier im Städtchen viel umworben,
Hat mein braunes Küchenmädchen ganz verdorben.
Lajos sagte, daß er weine oft um sie,
Doch die argverzogne Kleine glaubt' es nie.

Schilt er: „Kenn' ich braunes Kätzchen, süß und schmeichelnd,
Spielt mit ihrem weißen Lätzchen, Unschuld heuchelnd!
Bleib' ich aber, hab's geschworen, nicht mehr hier,
Bin kein Schatz mit lange Ohren, sag ich ihr!"

## *Beppo*

Mit Grübchenwangen und schlauen Blicken
Weiß Peppo alle Mädchen zu berücken;
Er sitzt und sinnt und hängt den dunklen Kopf,
Der junge, schöne Friaulanertropf!
Ein heimlich Lachen scheint ihn stets zu schütteln,
Ein lieblich Fühlen stets ihn zu durchrütteln;-
Läg' auf der Straße tot er, glaub ich doch,
Er lachte sein vergnügtes Lachen noch.

## *Sehnsucht*

Der Abend kommt, der wind durchstreift
Das düstre Waldrevier.
Ich schau ins Tal, so herbstlich still,
Und sehne mich nach dir.

Der Nebel wallt so grau und schwer,
Er drückt die Höhen schier.
Die Sonne rötet scheidend ihn,-
Ich sehne mich nach dir!

Wann war's, als du zu gleicher Stund
Wie Glück begegnet mir,
Und wann, als uns das Schicksal schied?-
Ich sehne mich nach dir.-

O hätt ich niemals dich gesehn,
Wie stünd ich froh dann hier!
So blieb vom kurzen Glückstraum mir
Die Sehnsucht nur nach dir.

*Gute Nacht*

Gute Nacht, gute Nacht, die Glocke klingt,-
Schlaf wohl und träume schön.
Im Gebüsch am Hang die Grille singt
Und die Burschen auf den Höhn.

Gute Nacht, - wenn du träumst, so sei's von mir,
Mein Herz, doch Liebes nur!
Gute Nacht, im Traum begegn' ich dir,
Leicht find ich deine Spur.

Gute Nacht, gute Nacht, auf Wiedersehn!
Im Traume suche mich.
O möchte dir Wacht ein Engel stehn!
Mein Herz ,Gott segne dich!

## *Scheiden im Herbst*

Der Sommer schied, die Au ward kahl
Und alles Schönen bar.
Nun reichst auch du mit einem Mal
Die Hand mir scheidend dar.

Hab' oft zum Troste mir gedacht:
Erstirbt die grüne Welt,
Ist's trotzdem immer noch nicht Nacht,
Solange er nicht fehlt.

Jetzt dunkelt es und zagend schau
Ich vorwärts und zurück:
Kein Blümlein mehr, kein Himmelblau,
Kein Hoffen und kein Glück.

Das harte Muß gönnt keine Frist,
Ich wünsche es nicht mehr.
Gott hilf mir, ach, im Herbste ist
Das Scheiden doppelt schwer.

## *Herbst*

Es hat mir ein kühles Lüftchen
Kunde vom Herbst gebracht,
Daß der träum'rische, nebelfeuchte
Kommen wird in der Nacht.

Es hat mir ein keckes Mädchen
Kichernd die Mär erzählt,
Daß mein treuloser ferner Bursche
Jüngst sich ein Lieb erwählt.

Der Herbst, der ist nun gekommen,
Nebel umziehn die Höh'n,
Der Wind will die letzten Blätter
Schnöde vom Baume weh'n.

Und von den andern, dem falschen,
Stille – still will ich sein.-
Ich steh auf dem Feld im Regen,
Kalt bis ins Herz hinein.

## *Lied*

Herbstwinde weh'n und Abendwolken zieh'n
Rotleuchtend über schwarzen Wäldern hin.
Schön war der Tag, doch Ruhe bringt die Nacht.
Nun sage Herz, was dich so traurig macht?
Ist es der Sommer, der dahingeschwunden
Mit seiner reichen, überlauten Lust?-
Sind es der Jugend vollgenoss'ne Stunden?
Was ist, was ist es, daß du weinen mußt?-

Mein Blick trank nie der Sonne vollen Glanz,
Und meine Freude, niemals war sie ganz.
Die Liebe kam, die Liebe ging, ein Traum,
Im tiefsten Innern mich berührend kaum.
Jetzt aber steh ich zitternd und beklommen:
Ich seh vor mir ein übermenschlich Glück.
Bald hätt' ich's ach, mit Jauchzen hingenommen.
Da hielt das Schicksal meine Hand zurück.-

Die Abendwolken geh'n im stillen Zug,
Ein Sonnenkuß war ihnen Glück genug.
Die Dämmerung durchleuchtet sie verklärt,-
Wär' wohl auch ich in den Sonnenkuß noch wert?-
Zu spät, - das Glück, das selig aufgegangen,
vergeben ist's und nimmer wird es mein;
Es darf mir nur als Stern am Himmel prangen,
stets hoch und fern, und einsam muß ich sein.

## *Reue*

Im Wald weht der Wind,
Doch nicht leis und nicht lind,
Und tief drunten im Tal
Ist's so öde und kahl.
Weiß nicht, wie ich geh',
Daß den Lenz ich noch seh';
Aber fort ist er schon
Und die Freuden entfloh'n.

Mein Schatz mich verließ,
Weil ich schnöd' ihn verstieß,
Und jetzt such' ich und schau
Auf dem Berg in der Au.
Bei Tag und bei Nacht
Hab' ich seiner gedacht;
Aber alles nichts frommt
Wie er nimmermehr kommt.

Vielleicht übers Jahr,-
Spricht die Mutter nur wahr,
Die sich sorget und kränkt,-
Daß er meiner gedenkt.
Und kommt er zurück
Mit verzeihendem Blick,
So fahr' hin dann, du Leid!
Bin die seligste Maid.

## *Verlorene Jugend*

Einst liebte ich Blumen und Vogelsang,
Der Wasser Gebrause, der Weidglockenklang,
Die Zeiten des Jahres, ob warm oder kalt,
Die Menschen nicht minder, ob jung oder alt.

Die Welt schien mir golden, ein Lustparadies,
Das Leben so leidlos, so wonnig, so süß,
Nicht schrecklich sein Ende, ein Aufgeh'n so sanft,
Denn säumten nicht Rosen am Grabe, den Ranft?

Das war meine Jugend, - und jetzt bin ich alt.
Es braucht ja zu dem nicht der Jahre Gewalt:
Erfahrung, Enttäuschung, ein grübelnder Sinn,
Ein klein wenig Schuld,- und die Jugend ist hin.

Was böte Ersatz noch, was bringt sie zurück?
Wohl sagen mir manche, die Liebe sei Glück.
O schwiegen sie doch von der Liebe, dem Leid!
Sie war's ja, die mich von der Jugend befreit.

*Erinnerungsbild der ersten Liebe*

Eine Wiese, rings von Hügeln,
Waldgekrönten, ernst umgrenzt
Und ein Bach, den Felsen zügeln,
Daß er weitgebreitet glänzt,

Blumen, Blumen, wo man schauet
Weit, so weit das Auge dringt
Und Vergißmeinnicht, betauet
Himmelblau und goldgeringt;

Dann ein Bild, Johannen ähnlich,
Der zum Heiland traut sich neigt,
Ach, das alles, süß und sehnlich
Ersten Liebestraum mir zeigt.

War mein Aug noch ungebadet
Von des Wissens strenger Hand?
Durft ich schauen, gottbegnadet,
Damals in des Ew'gen Land?

Ach, der Vorhang sank hernieder,
Wiese, Blume, Bild entwich;
Manchmal noch durch trübe Lieder
Sich Erinn'rung schimmernd schlich.

*S.L.*

Du sprachst zur Treue: Scheiden wir.
Zur Liebe: Geh mit Gott.
Sie zogen beide weit von dir
Vor Scham und Unmut rot.
Des Schicksals Hammer nahmst du dann,
Schwangst keck ihn übern Haupt.
Er flog mit Sausen dir voran,
Wo du dein Ziel geglaubt.

Du standest auf des Lebens Höh'n,
Wo jäh im Blitzesschein
Du sahst dich überm Abgrund steh'n
Verlassen und allein.
Die Wetter brausten um dich her,
Und fern ein Klagen klang-
Von Lieb und Treu tönt's übers Meer,
Ein schluchzender Gesang.

## *Die gereifte Eva*

Im weiten Gebiet der Liebe
Blüht auch ein Wunderbaum,
Darunter die Eva träumet
Den wonnigsten Lebenstraum.

Dem Gatten, den Kindern ferne,
Nicht jung, doch schöner denn je,
Hat sie einen Knaben gerne,
Entsandt ihr aus Himmelshöh'.

Die köstlichste Unschuldsblüte,
Das süßeste Maienlicht,-
Sie beuget sich zu ihm nieder
Und zieht ihn ans Herz und spricht:

„Was war mit die erste Liebe!
Was war mir der reife Mann!
Was sind mir tausend Männer,
Mit Tigerfellen umtan!-

Dich liebe ich, holde Knospe,
So zitternd und so zart,
Für dich sterb' ich tausend Tode,
Du bist mir die rechte Art."

Und Eva selig vergessend
Den ersten Sündenfall,
Sie sündigt nach Gottes Ratschluß
Zum zweiten - und schönstenmal.

*E.*

Nichts ekelhafter doch, als ein verliebter Mann,
Bei dessen Werben man nichts fühlen kann,
Als höchstes Mitleid, dem sich Hohn gesellt!
Ein Hündchen dünkt er mir, das wedelnd bellt.

Tagtäglich sitzt ein ungewaschner Bube
Mit seinem süßen Lächeln in der Stube;
Er kokettiert, er prahlt, der dumme Wicht,
Und schmachtet nimmermüd mir ins Gesicht.

Ich weiß, nähm' ich den ersten besten Stock
Und schlüg' ihn, würd' er tanzen wie ein Bock
Und meckern neuerdings von seiner Glut.
Herrgott, die Wut – ich habe eine Wut!

## *An S.S.*

Geh hier hin und geh dorthin,
Du gehst doch ewig irr',
Dir ist ein Weg gezeichnet,
Und der führt dich zu mir.

Du hast zwei graue Augen,
Grau hab ich stets geliebt,
Weil's für die Schillerfarbe
so leicht nicht Deutung gibt.

Grau deckt das Schönst' und Beste
Und Schlechteste der Welt,
Mir haben Wunderdinge
Grauaugen schon erzählt.

Dich glaub ich fast zu kennen,
Halb Geist, Freund, und halb Tier.
Streck' nur die Tiegersehnen,
Zuletzt kommst du zu mir!

## *Die heimliche Braut*

Durchs Dörflein wallte ein Leichenzug,
Den Kranz am Kreuze ein Jüngling trug,
Ein Jüngling schritt hinterm Sarg einher,
Drum frage nicht nach dem Toten mehr.

Die alten Eltern, die weinten laut,
Manch' Auge noch glänzte schmerzbetaut,
Und nah' dem Wege im grünen Hag
Auf kühlen Grase ein Mägdlein lag.

Es war bekleidet so fröhlich licht,
Doch bleich wie Schnee war sein Angesicht
Und kalt wie Eis die gekrampfte Hand,-
Ein welkend Röslein im Blumenland.

Und als die Leiche vorüberzog,
Die Maid in schützende Büsche flog.
Nicht klang der Betenden Ruf so hohl
Wir ihr verhalt'nes: „Lebwohl, lebwohl!"

Was kann der Schmerz der Verlass'nen sein,-
Sie dürfen weinen im Tagesschein;
Doch der das Herze zerbrach um ihn,
Muß mit dem Jammer ins Dunkel fliehn.

## *Der traurige Bursche*

Wie scheint der Mond so hell auf Gottes Garten!
Die Burschen rufen schon, ich laß sie warten.
Bin gern alleine
Am grünen Raine,
Wenn kühl der Nachwind weht,
Der Mond am Himmel steht.
Bin gern alleine, am grünen Raine,
Wenn kühl der Nachtwind weht,
Der Mond am Himmel steht.

Ich trag' ein Herzeleid seit langen Jahren,
Doch hat es keiner noch von mir erfahren.
Ich trag's alleine,
Und wenn ich weine,
Dann sieht's mir niemand an,
Weil ich's verbergen kann.
Ich trag's alleine, und wenn ich weine,
Dann sieht's mir niemand an,
Weil ich's verbergen kann.

Die Burschen lieben mich, noch mehr mein Singen,
Weil meine Lieder all so schmerzlich klingen.
Ja weil alleine
Nur an die eine
Mit Leid und Traurigkeit
Ich denke allezeit.
Ja weil alleine nur an die eine
Mit Leid und Traurigkeit
Ich denke allezeit.

O Herr im Himmel, laß sie glücklich werden!
Mich aber nimm hinweg von dieser Erden.
Lieb' ja sonst keine,
Als sie alleine,
Die mir zu ew'gem Gram,
Ach Gott, ein andrer nahm.
Lieb ja sonst keine, als sie alleine,
Die mir zu ew'gem Gram,
Ach Gott ein andrer nahm.

## *Ein bisserl*

Ein bisserl hätt's mich schon gefreut,
Hätt'st du mich angeblickt,
Ein bisserl hat's dich auch gereut,
Daß du mich fortgeschickt.

Du weintest dort, ich weinte da,
War jedes tiefbetrübt.
Ein bisserl haben wir uns ja
Im stillen doch geliebt.

## *Papierne Rosen*

Sie:
Im Winter blüht kein Blümelein;
Doch Liebe darf ja listig sein.
Die Rosen aus Papier,
Gefertiget von meiner Hand,
Umflochten mit des Scherzes Band,
Schenk' ich, mein Bursche, dir.

Erlogner Sommer auf dem Hut
Täuscht, kleidet wie ein echter gut
Und bringt dir Neider ein.
Hältst du den Strauß den Nasen fern,
So trüge mancher wohl ihn gern
Vor seinem Mädchen fein.

Er:
Papierne Rosen gibst du mir,
Dem Hut zur lichten Sonntagszier.
Ich danke dir, mein Herz.
Kunstfertig nenn' ich deine Hand,
Doch klüger noch ist dein Verstand
Und listiger dein Scherz.

Papierne Rosen duften nie;
Erlogne Lieb', wen freuet sie?
Nur wen sie täuschen kann.
Papier verblaßt, mein Lieben auch.
Sich narren lassen ist nicht Brauch
Bei einem rechten Mann.

## *An H.*

In deinem reichen Hause
Hält hoch die Ehre Wacht,
Da ist, ihr zu gefallen,
Jedweder Laut bedacht.

Auf deinen weiten Feldern
Gedeihet gutes Korn.
Da gibt es keine Disteln,
Da gibt es keinen Dorn.

In deinem lautern Busen
Voll Geist und Poesie
Ist Raum für alle Guten,
Für Irrende doch nie.

Sie knieten dir am Wege,
Vergebung! bat ihr Schrei.
Du gabst den reinen Mantel
Und gingest stolz vorbei.

Nie zwang dich ja das Schicksal
Zu waten durch den Kot,
Nie hing dir ungewollte
Schuldschellen an die Not.

Was willst du, Freund, - ein Mensch sein?
Du bist dazu zu rein.
Ein Gott? – dann müßtest größer
Du im Verstehen sein.

## *An einem Bauern*

Als reichen Mann dich zu verschmähen,
Hätt' mir mehr Lust als Pein gemacht;
Zu leicht wird ja ein stolzes Blähen,
Ein keckes Fordern ausgelacht.

Doch deiner Augen bangem Fragen,
Dem leisen Bitten wich ich aus.-
Und als ich's stammelnd abgeschlagen,
Ging weinend ich von dir nach Haus.

Nicht bin wie andre ich, - vergebens
Frag' ich Natur und Schicksal drum.-
Ein Bild verfehlten, trüben Lebens,
Seh still ich in der Welt mich um.

Nie wird mir andre Hoffnung winken
Wie dir, deckt auch dein Schmerz noch zu
Des neuen Glückes süßes Blinken;
Und ärmer bin ich, Freund, als du.

## *Mitteilung*

Was ich liebte, bekam ich nicht,
Was ich kriegte, das nahm ich nicht,
So wird' ich Freundchen, verdamm mich nicht,
Ne alte Jungfer und scham mich nicht.

## *Unverbesserlich*

Der Vater verbot mir das Dichten,
Das Mütterchen stimmte mit ein:
Ich soll nach dem Stande mich richten,
Die Bücher dem Backofen weih'n.

Wohl hab' ich es heilig versprochen,
Zu tun, was ihr Wille gebeut,
Das Wort hundertmal doch gebrochen,
Das Schwören noch öfters bereut.

Doch gestern, zu Tränen gerühret,
Erneut' ich es nochmals bei Gott,
Durch Bitten und Drohen verführet
Und weiter durch peinlichen Spott.

Ich ging in die dunkelste Kammer,
Hielt über die Verse Gericht,
Verfaßte dann in meinem Jammer
Verstohlen dies Klagegedicht.

## *Stoßseufzer*

Hätte Goethe Suppen schmalzen,
Klöße salzen,
Schiller Pfannen waschen müssen,
Heine nähn, was er verrissen,
Stuben scheuern, Wanzen morden,
Ach die Herren,
Alle wären
Keine großen Dichter worden.

## *Gewohnheit*

Es hat a jeder a dumme G'wehnat,
Die er gern bleib'n liaß', wann er's oft kennat.
Und renntst'hn aufi, hoaßt's: „Dös is mei Sach!
I kann's nöt lass'n, mi g'freut's halt einfach."

Der möchte gern singa und kennt koa Not'n,
Der ander' wildert, is streng verbot'n,
Der dritt' geht fisch'n, ja nöt in sein' Bach,
Steht aar a Straf' drauf, eahm g'freut's halt einfach.

I hätt' vo kloa a Freud zum Dicht'n,
Und pfeifen alle auf meine G'schicht'n.
Doch wann i glei' koan' Schenie nix drei mach,
Und nix g'studiert bin, mi' g'freut's halt einfach.

## *Zu Sais*

Zu Sais war auch ich und lüftete
Den Schleier von der Wahrheit Bild und stand
Versteint viel lange, harte, dumpfe Jahre; –
Noch immer steh ich halb und halb erstarrt.
Ist das das Leben? – Wird es stets so sein? –
O fürchterliches Wissen, tötendes,
Das keinem milden Herzen Hoffnung gibt!
Du ewiges, du schreckliches Gesicht!
Sei du's! Ich werde fürder auf mich raffen,
Trotz bieten die, so lang ich leb und atme.
Und Liebe geben, bis dahin ich sinke
Und Liebe atmen, bis zum letzten Tag.

## *An das Volk der Denker*

Jeder dichtet, jeder schwärmet,
Jeder auf Papier sich härmet,
Hoffend sich Verewigung.
Volk der Denker, deine Männer
Sind sich Musensöhne-Wähner,
Zage nicht, du bleibst in Schwung!

Volk der Denker, laut frohlocke!
Tönt dir einst des Krieges Glocke,
Jeder greift – zur Feder kühn,
Dir ein Schlachtlied auszusinnen
Von dem Lorbeer-sich-verdienen,
Und dein Ruhm wird ewig blüh'n.

## *Das Glück*

Das Glück liebt oft den Trotzigen,
Der, von des Mißgeschickes herbem Fluch
Zu der Verzweiflung schwarzem Tor getrieben,
Um Auslaß schrie. – Da pocht es freundlich an:
„Mach' auf, mein Freund!" – Er sieht's verächtlich an.
„Du hast mich doch so lang im Stich gelassen,
Du feile Dirn'! Geh, laß mich meinem Tod!" –
Allmählich wird er milder, duldet es,
Um es zuletzt mit Leidenschaft zu fassen.
Ein Weilchen hält es still dem Überwund'nen,
Dann klopft es lächelnd auf die Schulter ihn:
„Leb' wohl, mein Freund, muß wieder weiter wandern!"
Und wieder steht er da, - des Schicksals Spott!

## *Eine Verhandlung*

Ein zitternder Bauer steht vor Gericht,
Gerechtigkeit suchend, die findet er nicht.
Wohl sieht er Richter mit hohen Mienen,
Doch er versteht nicht, was sie ihm sinnen.
Er sitzt ob des Urteils vernichtet da.
Sie herrschen ihn an, er spricht: ja, ja!
Und trägt Verzweiflung mit sich nach Hause.-
Die Herr'n geh'n plaudernd zum Mittagsschmause.
Klatsch ist die gift'ge Wespe,
Die dem, der sich ihr wehrt,
Mit wutentflammtem Surren
Beharrlich wiederkehrt.

## *Zu...'s Leichenfeier*

Wozu soviel Ehren dem toten Mann?-
Hättet ihr sie bei Lebzeit ihm angetan,
Statt ihn zu befehden und zu hassen!
Doch da hat's euer Neid nicht zugelassen!

## *Die Schnecke*

Kleine Schnecke,
An der Hecke,
Spitzend aus des Häuschens Tor,
Sag ich dir mein Zaubersprüchlein
Aus der Kindheit Einfaltsbüchlein,
Streckst du gleich die Hörnchen vor.
Ich berühr' dich.
Und empfindlich
Fliehst du scheu ins enge Haus.
Sieh, da bin ich deinesgleichen;
Rohe Neugier macht mich weichen,-
Geh' nicht mehr aus mir heraus.

## *Geld*

Ich wünsche denen, die ich liebe, Geld
Vor allen andern Gütern dieser Welt.
Denn wer keins hat, dem bleiben auch die andern
stets fern, und mag er sich zu Tode wandern.-
Es hält dir Freunde und Geliebte treu
Und macht dich schaffensfroh und wahr und frei.
Der Schlüssel ist's, ins Leben einzudringen,
Das Seil, sich dran emporzuschwingen.

Die Armut ist ein bodenloser Sumpf,
Wer drein versenkt, er müht sich, bis er stumpf
Ein Wurm nur mehr, kriecht seinen schmalen Steg,
Und kaum ein Schaf springt über ihn hinweg,
Das ihm nicht blökend zu verspüren gäbe,
Welch eine Kraft in seinen Beinen lebe.

Da sagen sie mit tugendspitzem Mund,
Der Reichtum mache niemand glücklich und
Was Gold ist, wird den Weg zur Münze finden.-
Sie mögen doch erst selbst als Wurm sich winden
Und unter Tritten um Erlösung beten,
Bis man wie mich sie vollends totgetreten!

Laß uns betteln gehen,
Reich mir deine Hand,
Zwei verlorne Menschen
Ziehen wir durchs Land.

Denn uns fehlt des Raubtiers
Grimmig wilde Art,
Die der Menschengattung
Sonst vor allem ward.

Blöd sind wir und schüchtern,
Unsre Herzen mild.
Andre sind die Jäger,
Immer wir das Wild.

Mit einer Hand zu schenken,
Indes die andre hart
Dich schlägt auf beide Wangen,
Ist meist der Reichen Art.

Und läufst du nicht als Hündlein
Zeitlebens um ihr Haus,
Dann schelten sie dich Undank
Und spucken vor dir aus.

## *Testament für meinen Buben*

Hab heiß gestritten, hab viel gelitten,
Hab nichts errungen in meinem Leben,
Doch wenn ich sterbe, hier ist mein Erbe!
Sollt ihm das Seine und Meine geben!

*Emerenz Meier und Auguste Unertl in einem Gästebuch*

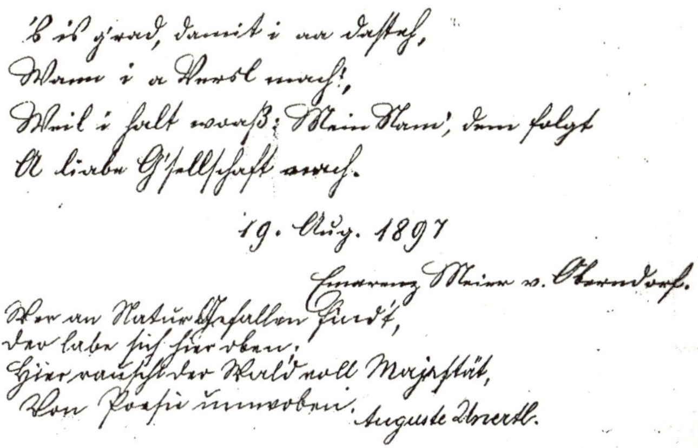
's is grad, damit i aa dasteh,
Wann i a Versl mach!
Weil i halt woaß: Mein Nam', dem folgt
A liabe G'sellschaft nach.
19. Aug. 1897
Emerenz Meier v. Oberndorf.
Wer an Natur Gefallen find't,
der labe sich hier oben.
Hier rauscht der Wald voll Majestät,
Von Poesie umwoben.
Auguste Unertl.

Eintrag im Gästebuch des Schloßgasthofes in Fürsteneck:

> *'s 'is grad, damit i aa dasteh, wann i a Verserl mach!*
> *Weil i halt woaß: Mein Nam', dem folgt A liabe*
> *G'sellschaft nach.*
>
> *19. August 1897*

Darunter der Eintrag ihrer Freundin und Förderin:

> *Wer an Natur Gefallen find't der labe sich hier oben.*
> *Hier rauscht der Wald voll Majestät, von Poesie*
> *umwoben.*
>
> *Auguste Unertl*

Dieses Blatt ist im kleinen Museum des Emerenz-Meier-Gasthofes in Schiefweg ausgestellt.

*Inhaltsverzeichnis*

EMERENZ MEIER

## Mein Wald – mein Leben

### Lebensbild der Dichterin von Max Peinkofer

Die berühmte Waldlerin, die zu den bedeutendsten deutschen Schriftstellerinnen zählt, mit Episoden aus ihrer Heimat, dem Bayer. Wald und als Auswanderin in Chicago. Mit vielen eindrucksvollen Gedichten um den „Wald“ und seine Menschen.

80 Seiten, gebunden 10,80 €

ISBN 978-3-938401-07-9

MAX PEINKOFER

## Die Millipitschn

Eine der humorvollsten Erzählungen des Dichters sowie viele andere niederbayerische und waldlerische Geschichten. Humorvolles und köstliches über Land und Leute aus der Feder des großen Erzählers über Brauchtum und Leben unserer Heimat.

88 Seiten, gebunden 12,80 €

ISBN 978-3-938401-05-7

**SAMPLES VERLAG**

Stadtplatz 17 · D-94481 GRAFENAU
Tel. 0 85 52 / 97 49 75 · Fax 0 85 52 / 97 49 76
e-mail: verlag.samples-stecher@t-online.de